Kästner | Fabian

Lektüreschlüssel XL

für Schülerinnen und Schüler

Erich Kästner

Fabian

Von Kani Mam Rostami Boukani

Reclam

Dieser Lektüreschlüssel bezieht sich auf folgende Textausgabe: Erich Kästner: *Fabian. Die Geschichte eines Moralisten*. Zürich: Atrium, 2017.

Lektüreschlüssel XL | Nr. 15503
2019 Philipp Reclam jun. Verlag GmbH,
Siemensstraße 32, 71254 Ditzingen
Druck und Bindung: Esser printSolutions GmbH,
Untere Sonnenstraße 5, 84030 Ergolding
Printed in Germany 2024
RECLAM ist eine eingetragene Marke
der Philipp Reclam jun. GmbH & Co. KG, Stuttgart
ISBN 978-3-15-015503-5

Auch als E-Book erhältlich

www.reclam.de

Inhalt

1. Schnelleinstieg

Autor	Erich Kästner (1899–1974)
Entstehungszeit	1930: Entwurf des Manuskripts in einer Dauer von etwa zehn Monaten
Erscheinungsjahr	1931: Deutsche Verlagsanstalt Stuttgart
Gattung	Zeitroman/Großstadtroman
Aufbau	In 24 Kapiteln werden episodenhaft die Erlebnisse des Protagonisten Dr. Jakob Fabian wiedergegeben
Zeit	Die Handlung umfasst ca. 12 Tage und spielt 1930/31 (Weimarer Republik)
Ort	Hauptschauplätze sind Berlin (Kapitel 1–20) und Dresden (Kapitel 21–24)
Handlung	Der promovierte Germanist Jakob Fabian streift ziellos durch ein von der Weltwirtschaftskrise gezeichnetes Berlin. Er lernt die Rechtsreferendarin Cornelia Battenberg kennen und verliebt sich in sie. Kurz darauf verliert er seinen Job als Werbetexter und wird von Cornelia aus Karrieregründen für einen reichen Filmproduzenten verlassen. Sein Freund Dr. Stephan Labude nimmt sich aufgrund einer Fehlinformation über die Ablehnung seiner Habilitationsschrift das Leben, woraufhin Fabian resigniert in seine Heimatstadt Dresden zurückkehrt. Dort ertrinkt er bei dem Versuch, einen kleinen Jungen aus dem Fluss zu retten.

Satirische Entlarvung von Missständen

Erich Kästner wollte seinen Roman als Satire auf die großstädtischen Zustände seiner Zeit verstanden wissen: »Es [das Buch] beschreibt nicht, was war, sondern es übertreibt. Der Moralist pflegt seiner Epoche keinen Spiegel, sondern einen Zerrspiegel vorzuhalten. Die Karikatur, ein legitimes Kunstmittel, ist das Äußerste, was er vermag«, bemerkt der Autor in seinem 1950 geschriebenen Vorwort zum *Fabian* (S. 6 f.). Demnach hat Kästner nicht nur die Hauptfigur als Moralisten gestaltet, er versteht sich selbst als solchen: Die Aufgabe des Moralisten liegt nach Kästner darin, gesellschaftliche Missstände zu erkennen und durch satirisch-kritische Darstellung zu entlarven, um zu warnen und eine moralische Erziehung der Individuen zu verantwortlichem Denken und Handeln zu erzielen.

Moralist auf verlorenem Posten

Dass dieses idealistische Ziel nicht einfach zu erreichen ist, dessen ist sich Kästner durchaus bewusst. Doch der Moralist lasse sich dadurch nicht entmutigen: »Sein angestammter Platz ist und bleibt der verlorene Posten. Ihn füllt er, so gut er kann, aus. Sein Wahlspruch hieß immer und heißt auch jetzt: Dennoch!« (S. 7) Dies wird auch an Fabians Leben und jähem Ende deutlich: In der Spätphase der Weimarer Republik, die im Zuge der Weltwirtschaftskrise von 1929 durch Not, Verzweiflung und moralischen Verfall gekennzeichnet ist, kämpft der Moralist Fabian auf verlorenem Posten. Er bleibt seinen moralischen Werten, so gut er kann, treu, erträgt persönliche Verluste und verharrt doch in der Beobachterposition, ohne etwas auszurichten. Es erscheint nur konsequent, dass er am Ende zugrunde geht. Und man glaubt leise sein »Dennoch!« zu vernehmen, wenn er zur Rettung des Jungen in den Fluss springt – obwohl er nicht schwimmen kann.

Nicht nur beim Protagonisten Fabian hinterlässt die Zeiterfahrung Spuren: Die Figuren sind allesamt Kinder ihrer Zeit, gehen jedoch unterschiedlich mit den Erfordernissen ihrer Lebenswirklichkeit um. Im Gegensatz zu Fabian handelt seine Freundin Cornelia Battenberg nach der Devise: »Man kommt nur aus dem Dreck heraus, wenn man sich dreckig macht« (S. 182). Und sein Freund Labude verfolgt politische Ziele, um die gesellschaftliche Situation aktiv zu verbessern. Der Grundton des Romans ist resignativ bis apokalyptisch, das Ende wirft Fragen auf. Doch trotz Übertreibung und satirischer Verzerrung zeichnet Kästner mit *Fabian* – ganz im Sinne des Zeitromans – ein authentisches Bild der gesellschaftlichen Wirklichkeit in Deutschland um 1930.

■ Spiegel der Weimarer Republik

Die Themen, die den Roman bestimmen, sind nach wie vor aktuell: So beschäftigen gesellschaftliche Probleme wie anhaltende Arbeitslosigkeit, Resignation, politische Radikalisierung und Moralverfall auch heute noch die Öffentlichkeit. Die Entfremdung des Menschen in einer vorwiegend medial vermittelten Wirklichkeit, die Veränderung der Lebenswirklichkeit durch technologischen Fortschritt sowie die sich zunehmend wandelnden Geschlechterverhältnisse bieten weitere Bezugspunkte zur heutigen Lebens-

■ Aktualität der Themen

welt. Die Bedrohung von Arbeitsplätzen durch Rationalisierungsmaßnahmen ist zudem eine Problematik, die immer weiter an Brisanz zunimmt und uns auch zukünftig beschäftigen wird. Mit der Thematisierung der Funktion von Medien wie Zeitung und Werbung kann zudem eine kritische Reflexion angeregt und ein Beitrag zur Medienerziehung geleistet werden.

Roman der »Neuen Sachlichkeit«

Obwohl Kästner der Zuordnung seines Romans zur literarischen Stilrichtung der »Neuen Sachlichkeit« widersprochen hat, gilt *Fabian* heute in der Forschung einhellig als neusachlicher Roman. Er stellt als Zeitroman das Leben in einer immer komplexer werdenden Großstadt in den Mittelpunkt, wobei die gesamtgesellschaftliche Situation eine zentrale Rolle erhält. Der Autor registriert aus der Beobachterperspektive die Ereignisse und nähert sich, um Objektivität und Authentizität bemüht, dem journalistischen und dokumentarischen Schreibstil an. Kästner verwendet eine Reihe von Themen und Motiven, die seinen Text als Dokument der »Neuen Sachlichkeit« ausweisen: Neben der Darstellung des Großstadtlebens durch filmische und journalistische Erzählmuster werden die Bereiche Technik, Wirtschaft, Arbeitsleben, Unterhaltungsindustrie und das sich wandelnde Frauenbild aufgegriffen.

2. Inhaltsangabe

1. Kapitel: Dr. Jakob Fabian sitzt in einem Café und liest die Schlagzeilen der Abendblätter. Nach einem kurzen Gespräch mit dem Kellner schlendert er durch das nächtliche Berlin und sucht einen ihm empfohlenen Klub auf, der seinen Mitgliedern unverbindliche sexuelle Kontakte ermöglicht. Dort lernt er Irene Moll kennen, mit der er anschließend nach Hause fährt.

■ Besuch im Sex-Klub

2. Kapitel: In ihrer Wohnung angekommen, führt Frau Moll Fabian ins Schlafzimmer und wirft sich auf ihn. Im gleichen Moment erscheint ihr Ehemann Dr. Felix Moll in der Tür. Er erklärt Fabian, dass er und seine Frau einen Vertrag geschlossen haben: Irene Moll darf sich Liebhaber einladen, muss diese jedoch zunächst ihrem Gatten vorstellen. Obwohl Herr Moll ihn bittet zu bleiben, flüchtet Fabian aus dem Haus und fährt zu seinem Stammcafé. Dort begegnet ihm ein arbeitsloser Bettler, dem er ein Essen spendieren will. Doch der Bettler verschwindet plötzlich. Anschließend trifft er auf Redakteur Münzer, der ihn zu seinem Nachtdienst in die Redaktion mitnimmt.

■ Irene Molls Verführungsversuch

3. Kapitel: In der Zeitungsredaktion erlebt Fabian, dass die Redakteure ihre Leser manipulieren. Pressemeldungen werden entweder frei erfunden, oder es werden wichtige Informationen unterschlagen, weil die Redakteure dazu angehalten sind, der Regierung nicht zu schaden – Ziel sei die öffentliche Meinungs-

■ Manipulation durch die Presse

losigkeit. Beim sich anschließenden Besuch einer Weinstube hält Handelsredakteur Malmy eine Rede, in der er die Wirtschaftspolitik des Staates kritisiert.

■ Sinnlosigkeit des Jobs als Reklametexter

4. Kapitel: Fabian ist als Reklametexter einer Zigarettenfirma damit beschäftigt, Werbetexte für Plakate zu erstellen. Im Gespräch mit Kollege Fischer, der von bevorstehenden Kündigungen berichtet, wird deutlich, dass Fabian seinen Job lediglich zum Broterwerb verrichtet und ihn als sinnlos empfindet. Wieder in seine Wohnung zurückgekehrt, liest er einen Brief seiner Mutter und stellt sich die Frage, weshalb er den Untergang Europas nicht bei ihr zu Hause, sondern in Berlin abwarte. Nach einem kurzen Gespräch mit seiner Vermieterin Hohlfeld, die sich über den Damenbesuch des Mieters Tröger beschwert, besucht Fabian seinen Freund Labude, der auf die Beurteilung seiner eingereichten Habilitationsschrift zu Lessing wartet.

■ Fabians und Labudes Lebensansichten

5. Kapitel: Fabian und Labude besuchen das Tanzbordell Haupts Säle und diskutieren über Moral, Macht und Geld, wobei ihre unterschiedlichen Lebensansichten deutlich werden. Fabian sieht keinen Sinn darin, im Leben vorwärtszukommen, da ihm Geld und Macht nichts bedeuten. Das einzige Ziel wäre, die Menschen anständiger und vernünftiger zu machen – derzeit begnüge er sich jedoch damit, sie auf ihre Eignung hin zu beobachten. Labude wirft Fabian vor, er habe keinen Ehrgeiz und gehe den bequemsten Weg, indem er von einem unerreichbaren, vollkommenen

Ziel phantasiere, statt einem unvollkommenen zuzustreben. In einer Nische treffen sie auf die betrunkene Irene Moll, die Männerbordelle fordert.

6. Kapitel: Die beiden Freunde unterhalten sich an der Spree über den provisorischen Charakter ihrer Epoche, da die Krise kein Ende nehme und der Fortgang Deutschlands ungewiss sei. Labude wirft Fabian vor, nur zuzusehen statt zu handeln, dieser entgegnet pessimistisch, dass weder die Vernünftigen noch die Gerechten an die Macht kommen werden. Kurz darauf werden sie Zeugen einer Schießerei zwischen einem Kommunisten und einem Nationalsozialisten und fahren die beiden Verwundeten in einem Taxi zum Krankenhaus.

■ Politisch motivierte Schießerei

7. Kapitel: Fabian und Labude besuchen das »Kabarett der Anonymen«, in dem sich bedürftige Verrückte zur Schau stellen und von einem reichen Publikum auslachen lassen. Dort treffen sie auf einen Badewannenfabrikanten mit gesicherter Existenz, der von seiner Familie und seinem Haus erzählt. Labude und Fabian stellen fest, dass es sich bei diesem Mann um einen Ausnahmefall handelt, da die allgemeine Wirtschaftssituation eine Familiengründung unmöglich mache.

■ Allgemeine Existenznöte

8. Kapitel: Fabian besucht Labude in der Villa seiner Eltern im Grunewald und erfährt von dessen Erlebnissen in Hamburg: Labudes politischer Vortrag sei erfolgreich gewesen, es sei eine radikalbürgerliche

Ledas Betrug in Hamburg

studentische Initiativgruppe gebildet worden. Seiner Verlobten Leda habe er nichts von seinem Besuch an ihrem Wohnort erzählt, weil er ihr gegenüber seit längerem misstrauisch geworden sei. In der gleichen Nacht habe er vor ihrem Haus gewartet und herausgefunden, dass sie ihn betrügt; am nächsten Tag habe er die Beziehung beendet. Die Gewissheit, dass Leda ihn nie geliebt hat, trifft Labude am härtesten.

Im Atelier der Künstlerin Reiter

9. Kapitel: Fabian und Labude besuchen die lesbische Künstlerin Reiter in deren Atelier, wo Sex und Erotik offen ausgelebt werden. Dort lernen sie einige junge Frauen kennen und gehen anschließend mit ihnen in die »Cousine«, einen Klub, in dem vor allem Lesben verkehren. Eines der Mädchen unterscheidet sich von den anderen: Cornelia Battenberg, eine Rechtsreferendarin, die Reiter aus der gemeinsamen Schulzeit kennt. Fabian und Cornelia kommen sich näher, als sie sich über die Problematik von Beziehungen zwischen Mann und Frau und über den Warencharakter der Liebe unterhalten.

Fabian und Cornelia verlieben sich

10. Kapitel: Fabian begleitet Cornelia nach Hause, unterwegs sprechen sie über die verschiedenen Seiten Berlins – über die schönen, die an zu Hause erinnern, aber auch über diejenigen, die den sittlichen Verfall der Stadt aufzeigen. Fabian erfährt, dass Cornelia eine Dissertation zum internationalen Filmrecht eingereicht hat und nun ein Volontariat in der Vertragsabteilung einer großen Berliner Filmgesellschaft absolvieren wird. Erst vor ihrer Haustür bemerkt Fabian, dass sie beide bei Frau Hohlfeld zur Miete wohnen. Cornelia bittet ihn nach oben, dort schlafen sie miteinander und verlieben sich.

11. Kapitel: Bereits vor Bürobeginn arbeitet Fabian motiviert an einem Entwurf für ein Preisausschreiben, erhält jedoch kurz darauf seine Kündigung, da der Aufsichtsrat das Reklamebudget gesenkt hat. Fabian spaziert deprimiert durch Berlin. Noch in der Nacht zuvor hatte er durch seine Beziehung zu Cornelia Ehrgeiz entwickelt, etwas in seinem Leben erreichen zu wollen. Nun ist er arbeitslos. Er lernt einen alten obdachlosen Herrn kennen, der sich vorwirft, mit seiner Erfindung von Textilmaschinen zur Entlassung etlicher Arbeiter beigetragen zu haben. Zu Hause erwartet ihn Labude, dem er seine Entlassung verschweigt. Als er anschließend Cornelia trifft und von seiner Kündigung erzählen möchte, steht der obdachlose Erfinder, Professor Kollrepp, vor der Tür, der das Angebot, bei ihm übernachten zu dürfen, annehmen möchte. Cornelia erzählt von ihrem Jobantritt am kommenden Tag und ist trotz Fabians Entlassung heiter und optimistisch.

■ Fabian wird arbeitslos

12. Kapitel: Morgens versteckt Fabian den Erfinder vor seiner Vermieterin im Schrank und gibt ihn anschließend als seinen Onkel aus. Anschließend sucht er das Arbeitsamt seines Bezirks auf und wird von einer Stelle zur nächsten geschickt, bis er erfährt, dass er gewissermaßen unbezahlten Urlaub hat und sich erst in 14 Tagen melden darf. Neben bürokratischem Wahnsinn erlebt er das Leid der Arbeitslosen auf den Ämtern. Seine Mutter überrascht ihn mit einem Besuch, worüber sich Fabian sehr freut, seine Entlassung verheimlicht er ihr. Der Erfinder sucht Fabian erneut auf und bittet ihn, ein Kuvert mit seiner neuesten Erfindung zu verwahren, da ihn seine Familie in eine Anstalt einweisen lassen wolle. Kurz darauf klingeln zwei Herren und Professor Kollrepp wird abtransportiert.

Überraschungsbesuch von Fabians Mutter

13. Kapitel: Fabian verlässt morgens sein Zimmer, um seiner Mutter vorzutäuschen, er gehe ins Büro. Er schlendert durch das Kaufhaus des Westens, liest sich in der Buchabteilung in einem Werk von Schopenhauer fest und hilft einem kleinen Mädchen, das wegen eines Diebstahls festgehalten wird. Am Straßenrand begegnet ihm Irene Moll, die ihm einen Job als Sekretär in ihrem neu eröffneten Männerbordell anbietet, was Fabian jedoch ablehnt. Er trifft seine Mutter am Eingang seiner ehemaligen Arbeitsstätte und bringt sie zur Bahn, dort steckt er ihr einen Zwanzigmarkschein in die Tasche und entdeckt zu Hause, dass sie ihm ebenfalls zwanzig Mark dagelassen hat. Cornelia bittet ihn am gleichen Abend um hundert Mark, da der Filmproduzent Makart eine Filmrolle besetzen möchte und sie für den Termin neue Kleider benötigt.

Irene Molls Jobangebot

14. Kapitel: In der Nacht hat Fabian einen Albtraum, in dem sich alle Motive und Themen des Romans bündeln: Der Traum nimmt bisherige Geschehnisse auf und verdeutlicht Fabians Ängste und Vorahnungen. In seinem Traum führt Professor Kollrepp Fabian seine neueste Erfindung vor, eine riesige Maschine, die Menschen als ihre eigenen Klone reproduziert. Unter einer Glasplatte beobachtet Fabian die ihm grotesk erscheinenden Menschen, die sich verkaufen, lüstern amüsieren, prostituieren, bekämpfen und bestehlen. Neben ihm erscheint Irene Moll und kommentiert die Szenerie, in der neben anderen Figuren auch Cornelia, Makart und Labude auftauchen; am Ende gipfelt der Traum in einer apokalyptischen Kriegsvision. Im Schlaf ruft er nach Labude und weckt damit Cornelia, die ihn wachrüttelt. Obwohl beide noch lange wach nebeneinanderliegen, schweigen sie.

■ Fabians Albtraum: Bündelung der Motive

15. Kapitel: Fabian sieht Cornelia nach, als sie das Haus verlässt, und möchte sie am liebsten zurückrufen. In der Hoffnung, eine neue Anstellung zu erhalten, besucht er einen Bekannten im Büro, bleibt jedoch erfolglos. Anschließend streift Fabian durch die Stadt, in Gedanken bei Cornelia. Zu Hause schläft er auf dem Sofa ein und erwacht, als er die Tür des Vorsaales zuschlagen hört. Er bemerkt, dass Cornelia ihr Zimmer geräumt hat und findet einen Brief: Sie müsse ihn verlassen, da der Filmproduzent Makart sie im nächsten Film spielen lasse und ihr eine Zweizim-

■ Cornelia verlässt Fabian für die Karriere

merwohnung angemietet habe. Sie gehe fort und verkaufe sich an Makart, damit Fabian und sie zusammen sein und eine Zukunft haben können. Sie werde morgen Nachmittag ab vier Uhr im Café Schottenhaml auf ihn warten und hoffe, dass er sie weiterhin liebhabe.

■ Fabian sucht Ablenkung

16. Kapitel: Fabian fährt noch am selben Abend verzweifelt Richtung Norden durch Berlin, in Gedanken ständig das Bild von Cornelia und Makart vor Augen. Durch Cornelia hatten Arbeit und Leben für ihn an Sinn gewonnen, und nun hatte er sie durch seine Entlassung verloren. In Wedding beobachtet er zunächst eine gewaltsame Auseinandersetzung zwischen Arbeitern und der Polizei und geht anschließend auf einen Rummelplatz. Dort lernt er eine Kunstreiterin kennen, mit der er eine kurze Affäre beginnt, wobei er jedoch weiterhin an Cornelia denkt.

17. Kapitel: Die Kunstreiterin bittet Fabian, einige Tage bei ihr zu bleiben, da ihr Mann auf Geschäftsreise sei. Nach dem Mittagessen verlässt Fabian das Haus und trifft Cornelia im Café. Sein Verhalten gegenüber der in Tränen aufgelösten Cornelia ist kalt und sachlich, er kränkt sie absichtlich. Sie werde auf eigenen Füßen stehen und Karriere machen, indem sie ihren

■ Fabians und Cornelias scheinbare Versöhnung

Körper immer wieder an einflussreiche Männer verkaufe. Zudem wirft er ihr vor, falsch gehandelt zu haben, und Cornelia stimmt resigniert zu. Bevor sie sich trennen, gibt es eine scheinbare Versöhnung, doch ihr

Abschiedskuss ekelt ihn. Fabian kehrt aus Angst vor Einsamkeit zu der Kunstreiterin zurück. Nach dem Abendessen findet eine handgreifliche Auseinandersetzung mit dem Ehemann statt, der unerwartet früh von seiner Geschäftsreise zurückkehrt.

18. Kapitel: Frau Hohlfeld empfängt Fabian im Korridor mit einem Zettel der Kriminalpolizei. Er fährt mit dem Taxi in Labudes Wohnung, wo er bereits von den Beamten erwartet wird, und sieht seinen Freund mit einem Schuss in der Schläfe auf dem Sofa liegen. Aus einem Abschiedsbrief für Fabian geht hervor, dass Labude sich das Leben genommen hat, während im Nebenzimmer ein Streit zwischen den Künstlerinnen tobte. Grund hierfür sei sein derzeitiger Zustand: Die Enttäuschung über Leda, seine Resignation in politischer Hinsicht und insbesondere die Tatsache, dass seine Habilitationsschrift, der er fünf Jahre seines Lebens gewidmet habe, als ungenügend betitelt und abgelehnt worden sei. Er hinterlässt Fabian zweitausend Mark, dieser begleitet die Leiche des Freundes in die Villa von dessen Eltern.

■ Labudes Selbstmord

19. Kapitel: Fabian führt ein stummes Gespräch mit seinem toten Freund, als dessen Vater, der Justizrat, eintrifft. Nachdem er kurz zu seinem Sohn gegangen ist, spricht er sehr gefasst mit Fabian. Fabian verschweigt den Brief und erzählt, dass er den Grund des Selbstmords – nämlich die Ablehnung der Habilitationsschrift – lediglich durch eine kurze Notiz erfahren

■ Das Gespräch mit Labudes Vater

habe. Der Justizrat versucht den Geheimrat, der die Habilitationsschrift seines Sohnes bewertet hat, zu erreichen und kündigt bei dessen Frau einen morgigen Besuch an. Er erfährt, dass die Arbeit des Sohnes gelobt geworden sei und zerschlägt daraufhin emotionslos das Lessingporträt am Schreibtisch. Er bleibt bei seinem toten Sohn und liest erstmals dessen Habilitationsschrift, während Fabian nach Hause fährt. Dort erwarten ihn rückgesendete Bewerbungsschreiben, und eine innere Leere ergreift ihn.

20. Kapitel: Cornelia fährt am nächsten Morgen mit einem Privatwagen vor, als Fabian sich auf den Weg zur Universität macht, um den Geheimrat aufzusuchen. Sie bringt ihn mit dem Wagen hin, erzählt von ihrer Rolle und verspricht, nachmittags wiederzukommen. Fabian gibt ihr die Hälfte des Geldes, das ihm der Freund vermacht hat. In der Universität trifft er auf Labudes Eltern. Gemeinsam sprechen sie mit dem Geheimrat und erfahren, dass Labude eine ausgezeichnete Arbeit eingereicht hat. Es stellt sich heraus, dass der Assistent Dr. Weckherlin sich mit der Nachricht von der Ablehnung einen Scherz erlaubt hat – einen tödlichen Scherz. Fabian will Weckherlin totprügeln, er wird von Studenten davon abgehalten.

■ Selbstmord basiert auf einem Scherz

21. Kapitel: Fabian fühlt sich nach dem Verlust von Cornelia und Labude einsam in Berlin und beschließt zu seiner Mutter nach Dresden zu fahren. Er reflektiert über Menschheit, Politik und Moral und entdeckt in den Zeitungen, dass Cornelia als der neue Stern der Filmindustrie gefeiert wird. Im Zug trifft er auf Irene Moll, deren Etablissement angezeigt worden ist. Sie bittet ihn, sie ins Ausland zu begleiten, bietet ihm ein letztes Mal ihre Liebe und ihr Geld an, doch Fabian lehnt ab. Bei seiner Mutter angekommen, bricht er zusammen und ist nach dem Erlebten erstmals fähig zu weinen.

Rückkehr in die Heimatstadt Dresden

22. Kapitel: Fabian streift durch Dresden an den Kasernen vorbei bis zu seiner alten Schule, der er einen Besuch abstattet. Er ergeht sich in Kindheitserinnerungen und trifft auf den Direktor, der ihm selbstgefällig sein Versagen vorwirft. Anschließend begegnet ihm seine dick gewordene Jugendliebe Eva, die nun als zweifache Mutter mit einem Arzt verheiratet ist. Seine Mutter bietet ihm an, in der Heimatstadt zu bleiben und nach einer Anstellung zu suchen. Fabian schlägt die Möglichkeit nicht aus – er wolle arbeiten und ein Ziel vor Augen haben.

Kindheits- und Jugenderinnerugen

23. Kapitel: Gegen Abend schlendert Fabian durch die Altstadt und trifft dort auf den ehemaligen Schulkameraden Wenzkat, der ihn auf ein paar Bier einlädt. Im Gespräch vertritt Wenzkat rechte politische Ansichten, Fabian hält dagegen. Anschließend gehen die beiden in ein Bordell. Eines der Mädchen nimmt Fabian mit auf ihr Zimmer und schläft mit ihm, obwohl sie weiß, dass er kein Geld hat. Die letzten zwei Mark, die er in seiner Tasche findet und dem Mädchen gibt,

Kostenfreier Bordellbesuch

steckt sie ihm heimlich wieder zu. Bei dem sich anschließenden Spaziergang stellt Fabian fest, dass Deutschland im provinziellen Dresden nicht Fieber, sondern Untertemperatur habe.

24. Kapitel: Fabian besucht tags darauf Holzapfel, der als Redakteur bei der »Tagespost« arbeitet und darf beim Direktor vorsprechen. Dieser bietet ihm zunächst an, als freier Mitarbeiter für das Feuilleton zu schreiben, lässt sich jedoch davon überzeugen, dass zielgerichtete Propaganda zur Erhöhung der Auflage führen kann, und lädt ihn für den nächsten Tag ein. In einem Café denkt Fabian über das Stellenangebot nach und kommt zu dem Schluss, dass er nicht bereit ist, seine Werte für zweihundert Mark im Monat zu verkaufen und einer rechtsorientierten Zeitung zur weiteren Ausbreitung zu verhelfen. Er beschließt, mit dem restlichen Geld für sechs bis zwölf Monate ins Erzgebirge zu gehen, um dort zu wandern und die Entwicklung der Dinge abzuwarten. Seinen Weg fortsetzend sieht er, wie ein kleiner Junge vom Brückengeländer in den Fluss stürzt. Fabian springt sofort hinterher, um den Jungen zu retten. Doch während das Kind heulend ans Ufer schwimmt, ertrinkt Fabian, der nicht schwimmen kann.

Fabians tragisches Ende

3. Figuren

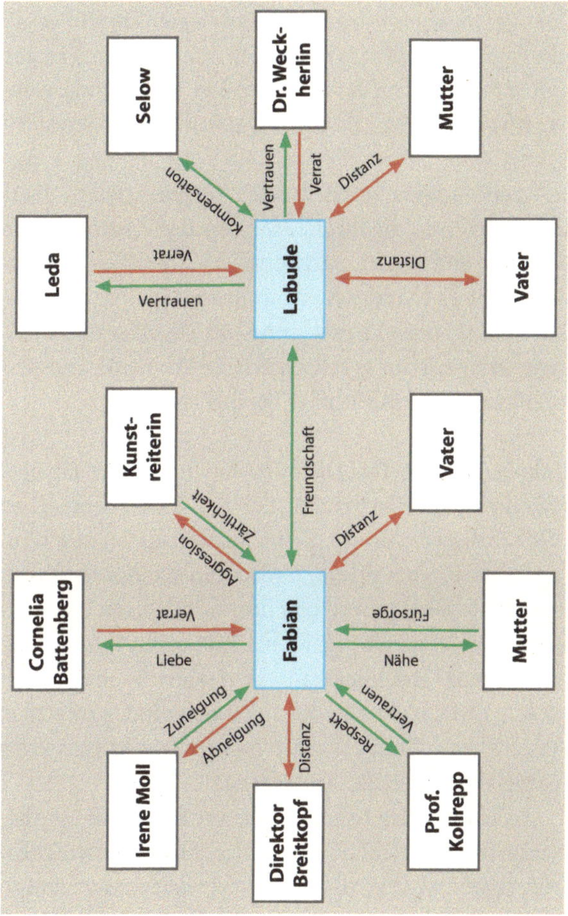

Abb. 1: Figurenkonstellation

Männerfiguren

Zwei Typen Intellektueller

Der Protagonist Fabian und sein bester Freund Labude sind die beiden wichtigsten männlichen Figuren des Romans. Die beiden Freunde können als Kontrastfiguren sowie als sich gegenseitig ergänzende Figuren gedeutet werden, da sie verschiedene Typen zeitgenössischer Intellektueller repräsentieren: Trotz Ähnlichkeiten in ihrem Werdegang – beide haben studiert und sind promovierte Literaturwissenschaftler – gibt es charakterliche und soziale Unterschiede, die ihre weitere Entwicklung, ihr Denken und Handeln in Bezug auf gesellschaftliche Probleme und persönliche Schicksalsschläge beeinflussen.

Kleinbürgertum

Jakob Fabian: Dr. Jakob Fabian ist ein 32-jähriger promovierter Germanist, der aus kleinbürgerlichen Verhältnissen stammt. Seine Mutter, zu der er ein inniges Verhältnis pflegt, besitzt ein kleines Seifengeschäft in Dresden und lebt dort mit Fabians Vater zusammen. In seiner Jugend hat Fabian ein Internat besucht und anschließend im Ersten Weltkrieg als Soldat gedient. Er hält sich mit wechselnden Jobs über Wasser und findet in Zeiten der Krise keine seinen Fähigkeiten gemäße Anstellung.

Zu Beginn des Romans arbeitet Fabian als Werbetexter in der Reklameabteilung einer Zigarettenfirma, später wird er arbeitslos und findet trotz zahlreicher Bemühungen keine neue Stelle. Seinen Job empfindet er als sinnlos: »Er tat seine Pflicht, obwohl er nicht einsah, wozu« (S. 45), heißt es von seiner Tätigkeit im Büro. Fabian legt keinen Wert auf Karriere, er sieht seinen Beruf lediglich als Broterwerb an. Von Kollege Fischer auf eine mögliche Kündigung angesprochen, antwortet er: »Denken Sie, ich habe mein Leben seit der Konfirmation damit verbracht, gute Propaganda für schlechte Zigaretten zu machen? Wenn ich hier fliege, suche ich mir einen neuen Beruf« (S. 45). Seinen Mitmenschen gegenüber tritt Fabian selbstsicher und redegewandt auf. Er weiß um seine Fähigkeiten, ist sich aber ebenfalls bewusst, dass sie ihm in Zeiten der Krise nicht hilfreich sind: »Was nützt es mir, dass ich begabter bin?«, fragt er und fügt hinzu: »Ich bin auf meine Talente nicht eingebildet, sie reichen glatt zum Verhungern« (S. 179).

■ Selbstsicher und redegewandt

Es ist der fehlende Sinn, der bei Fabian zu Resignation führt und ihn davon abhält, etwas in seinem Leben erreichen zu wollen. Er fühlt sich desorientiert und deplatziert in einem Berlin, das ihm den Sittenverfall der Menschen vor Augen führt. Fabian sehnt sich mitunter nach einem Ort, an dem die Welt noch in Ordnung ist, und weiß doch, dass sich der nahende Untergang nicht aufhalten lässt: »Was hatte er in dieser Stadt, in diesem verrückt gewordenen Steinbaukasten, zu suchen? [...] Den Untergang Europas konnte er auch dort abwarten, wo er geboren worden war« (S. 50).

■ Sinn- und Ziellosigkeit

Fabian kennt kein Ziel und keinen Ehrgeiz, wie Labude traurig bemerkt, der ihm am liebsten »ein Lebensziel einpflanzen« (S. 58) möchte. Geld und Macht

Pessimismus und negatives Menschenbild

interessieren ihn nicht, zugleich fehlt ihm der Glaube an eine positive Veränderung der Zustände. Fabians Pessimismus wurzelt in seinem negativen Menschenbild. Er glaubt nicht daran, dass die Verbesserung der wirtschaftlichen Zustände eine Verbesserung des Menschen nach sich zieht: »Was nützt das göttliche System, solange der Mensch ein Schwein ist?« (S. 90)

Kein Glaube an den Sieg der Anständigkeit

Das einzige Ziel, das Fabian einfällt und das er zugleich als nicht realisierbar einschätzt, bezieht sich auf die Moral der Menschen: »Ich möchte helfen, die Menschen anständig und vernünftig zu machen. Vorläufig bin ich damit beschäftigt, sie auf ihre diesbezügliche Eignung hin anzuschauen« (S. 59). Fabian beschränkt sich auf die Beobachterrolle und wartet passiv ab, ohne sich aktiv für eine Veränderung der Zustände einzusetzen: »Ich sehe zu und warte. Ich warte auf den Sieg der Anständigkeit, dann könnte ich mich zur Verfügung stellen. Aber ich warte darauf wie ein Ungläubiger auf Wunder« (S. 112).

Passive Beobachterrolle

Um die Menschen auf ihre diesbezügliche Eignung hin zu prüfen, erhält Fabian zahlreiche Gelegenheiten. Bei seinen ziellosen Streifzügen durch die Stadt studiert er aus der Beobachterrolle heraus Menschen aus allen sozialen Schichten. Er diskutiert mit Redakteuren, wird Zeuge politischer Ausschreitungen und erlebt verschiedene Facetten des nächtlichen Berlins. Es sind vor allem Neugierde und Zeitvertreib, die ihn in erotische Etablissements und Sex-Klubs führen. Gegenüber Frauen hat Fabian ein ambivalentes Verhältnis: Er wirkt attraktiv und anziehend auf das weibliche Geschlecht und hat eine Reihe von erotischen Beziehungen, doch bedeuten ihm diese nicht viel. Seinem Naturell entsprechend verhält er sich auch hier vor allem passiv und lässt sich von außen leiten – so ist es meist das weibliche Gegenüber, das die Initiative ergreift und versucht, Fabian zu verführen.

Erst durch Cornelia Battenberg erfährt er wahre Liebe und erkennt einen Sinn im Leben. Er möchte Verantwortung übernehmen und denkt an eine gemeinsame Zukunft. Doch hierzu erhält er keine Gelegenheit: Kurz nachdem er Cornelia kennenlernt, wird Fabian entlassen. Seine Freundin hingegen erhält das Angebot, eine Schauspielkarriere zu beginnen und verlässt Fabian für den Filmproduzenten Makart: »In dem Augenblick, wo die Arbeit Sinn erhielt, weil er Cornelia fand, verlor er die Arbeit. Und weil er die Arbeit verlor, verlor er Cornelia« (S. 184). Fabian sucht zunächst Trost und Ablenkung bei einer anderen Frau, kurz darauf nimmt sich sein Freund Labude das Leben. Fabian verliert alles. Durch den dreifachen Verlust erstarrt er zunächst innerlich, geht anschließend jedoch Labudes Motiven der Selbsttötung nach. Nur um am Ende festzustellen, dass der Tod seines Freundes hierdurch zu einem »tragische[n] Witz« (S. 235) verkommt.

■ Fabians dreifacher Verlust

Einsam und resigniert fährt er zu seiner Mutter in die alte Heimat, durchlebt Kindheitserinnerungen und versucht, sich eine neue Existenz aufzubauen, was ihm jedoch nicht gelingt. Seinen moralischen Werten bleibt Fabian fast durchgängig treu: In Berlin

Hilfsbereitschaft

hilft er einzelnen Menschen, immer wenn es ihm möglich ist. So möchte er einem Bettler ein Essen spendieren, lässt den Erfinder bei sich übernachten und hilft einem kleinen Mädchen aus der Patsche, das beim Stehlen eines Aschenbechers erwischt wird.

In Dresden lehnt er das Stellenangebot einer rechtsorientierten Zeitung ab, obwohl er zuvor den Entschluss gefasst hat, sich betätigen und ein Ziel vor Augen haben zu wollen. Stattdessen bleibt Fabian bis zum Ende in seiner Passivität gefangen und schmiedet den Plan, ins Erzgebirge zu gehen, um dort auf eine Veränderung der Lage zu warten, so lange, »bis er den Startschuss vernahm, der ihm galt und denen, die ihm glichen« (S. 267). Den Startschuss für sein Handeln wird der Moralist Fabian nicht mehr vernehmen, stattdessen stirbt er einen sinnlosen Tod, denn der Junge, der in den Fluss gefallen ist, kann sich selbst retten.

Warteposition bis zum Ende

Großbürgertum

Stephan Labude: Dr. Stephan Labude ist ebenfalls promovierter Germanist und hat wie Fabian im Ersten Weltkrieg als Soldat gedient. Die letzten fünf Jahre hat er mit seiner Habilitationsschrift über Lessing verbracht, auf deren Beurteilung er zu Beginn des Romans wartet. Im Gegensatz zu Fabian gehört Labude dem Großbürgertum an und verkörpert den Typus des Intellektuellen aus der Berliner Oberschicht.

Kühles familiäres Verhältnis

Labude stammt aus einer wohlhabenden, jedoch zerrütteten Familie. Er wächst zwar im Luxus auf, die Eltern haben sich jedoch schon seit Längerem entfremdet und sind scheinbar nur noch auf dem Papier verheiratet. Sein Vater, erfolgreicher Justizrat, vertreibt sich die Nächte in Spielklubs und mit wechselnden Geliebten; seine Mutter ist kaum anwesend und verbringt die meiste Zeit in ihrem Ferienhaus in Italien. Labudes Verhältnis zu seinen Eltern, denen er »nur noch aus Versehen« (S. 87) begegnet, ist unterkühlt.

Die Familie Labude besitzt eine Villa in bester Lage in Grunewald, Stephan Labude selbst nennt eine Zweitwohnung im Berliner Zentrum sein eigen. Dorthin zieht er sich zurück, »wenn ihm der Westen, die noble Verwandtschaft, die Damen der guten Gesellschaft und das Telefon auf die Nerven gingen. Und hier hing er seinen wissenschaftlichen und sozialen Neigungen nach« (S. 53). Labudes wissenschaftliche und soziale Neigungen werden bewusst in den Kontext des Privaten gestellt. Geldsorgen oder Existenzängste kennt er keine, auffällig ist vielmehr sein unaufgeregt spendabler Umgang mit Geld. Mehrfach steckt er Fabian kleinere oder größere Geldbeträge zu. Und als sich dieser für das Geld bedankt, winkt der andere nur ab: »Du weißt, dass ich mehr davon habe, als notwendig ist. Lassen wir das« (S. 88).

Keine existenziellen Sorgen

Fabian und Labude unterscheiden sich nicht nur hinsichtlich ihrer sozialen Herkunft, sondern auch hinsichtlich ihres politischen Engagements. Beide empfinden die anhaltende Krise und den »provisorischen Charakter der Epoche« (S. 68), doch Labude versucht aktiv eine Verbesserung der gesellschaftli-

Politische Ziele und aktives Engagement

chen Situation herbeizuführen. Er hat Ideale und konkrete politische Ziele und ist davon überzeugt, die Besserung der Menschen über eine Besserung der gesellschaftlichen Zustände erreichen zu können: Man müsse »das System vernünftig gestalten, dann werden sich die Menschen anpassen« (S. 59). Labude hält politische Vorträge und ist an der Bildung einer radikalbürgerlichen studentischen Initiativgruppe beteiligt, deren Aufgabe er darin sieht, »den Kontinent zu reformieren« (S. 89).

Labude organsiert gerne – im politischen wie im privaten Bereich –, so dass sogar »sein Sinn für Moral« als »eine Konsequenz der Ordnungsliebe« (S. 129) erscheint. Er hat vor, seine in Hamburg lebende Verlobte Leda nach erfolgreicher Habilitation zu heiraten. »Seine Zukunft war, nach der familiären Seite, bis auf die fünfte Stelle nach dem Komma ausgerechnet« (S. 109), erklärt Fabian. Doch Labudes Rechnung geht nicht auf. Als er erfährt, dass Leda ihn mit einem anderen betrügt, gerät sein »privates Ordnungssystem« (S. 129) durcheinander. Ledas Verrat trifft Labude so schwer, dass er die Beziehung noch in Hamburg beendet: »Der Fall ist erledigt. Ich habe fünf Jahre damit zugebracht, unter einer falschen Voraussetzung zu leben, das reicht« (S. 96).

Scheitern der privaten Zukunftsplanung

Ebenso impulsiv und konsequent reagiert Labude auf die Nachricht von der Ablehnung seiner Habilitationsschrift. Obwohl er fünf Jahre intensiv an der Schrift zu Lessing gearbeitet hat und auch Fabian sie als »meisterhaft« (S. 228) einschätzt, glaubt er der Lüge des Assistenten Weckherlin, ohne das Gespräch mit dem Geheimrat zu suchen und die Gründe für die Ablehnung seiner Arbeit zu hinterfragen. Ordnungsliebend wie er ist, legt er in einem Abschiedsbrief die Gründe für seine Selbsttötung dar: »Die Ablehnung meiner Arbeit ist, faktisch und psychologisch, mein Ruin, vor allem psychologisch. Leda wies mich zurück, die Universität weist mich zurück, von allen Seiten erhalte ich die Zensur Ungenügend. Das hält mein Ehrgeiz nicht aus, das bricht meinem Kopf das Herz und meinem Herzen das Genick, Jakob« (S. 209).

Berufliches Scheitern führt zur Selbsttötung

Labude, der sein Leben bis ins Kleinste geplant und große Ziele gehabt hat, hält das doppelte Scheitern in privater und beruflicher Hinsicht nicht aus. Sein Tod basiert auf einem schlechten Scherz, auf einer falschen Annahme. Und zugleich zerbricht er an dem Widerspruch von Realität und Selbstbild, wie Fabian traurig an seinem Totenbett bemerkt: »Du warst ein guter Mensch, du warst ein anständiger Kerl, du warst mein Freund, aber das, was du vor allem sein wolltest, das warst du nicht. Dein Charakter existierte in deiner Vorstellung, und als die zerstört wurde, blieb nichts mehr übrig als ein Schießeisen und das, was hier auf dem Sofa liegt« (S. 217).

Realität vs. Selbstbild

Frauenfiguren

Drei Frauentypen

Im Roman werden vornehmlich drei Frauentypen unterschieden: Die Femme fatale, der Inbegriff von Verführung und Extravaganz, welche hier am reinsten von Irene Moll repräsentiert wird; die moderne, selbstbewusste und unabhängige Frau, sozusagen der Prototyp der Neuen Frau, die Cornelia Battenberg darstellt; sowie die liebende, selbstlose Mutter. Bis auf die Mutterfigur zeichnet Kästner ein negatives Bild der emanzipierten, unabhängigen Frau, wie sie in ihren unterschiedlichen Akzentuierungen von Irene Moll und Cornelia Battenberg repräsentiert werden.

Durchbricht und verkehrt Rollenbilder

Irene Moll: Irene Moll ist eine attraktive, »große, programmmäßig gewachsene […] Blondine« (S. 15), die weiß, was sie will und unter allen Umständen dazu bereit ist, ihren Willen durchzusetzen. Sie unterläuft und durchbricht die konventionellen Rollenbilder und verkehrt sie zum Teil sogar in ihr Gegenteil. Irene Moll ist mit einem wohlhabenden Rechtsanwalt verheiratet, der ihre stark ausgeprägten sexuellen Bedürfnisse nicht befriedigen kann und ihr daher gestattet, sich Liebhaber zu halten. Diese muss sie ihm – wie vertraglich vereinbart – jedoch zunächst vorstellen, bevor sie sie nach Hause mitbringen darf.

Im Sex-Klub von Frau Sommer begegnet sie Fabian, dem sie nach einem kurzen Gespräch auf der Tanzfläche anbietet, sie nach Hause zu begleiten. Bereits im Taxi wird deutlich, dass Irene Moll äußerst selbstbewusst und dominant ist, gerne die Führung übernimmt und sexuelle Vorlieben hat, die mit dem Zufügen von Schmerz einhergehen. Sie fällt über Fabian her und beißt ihm derart in die Lippe, dass dieser sich den Kopf stößt. »Sei nicht so empfindlich« (S. 16), befiehlt sie, und je mehr sich Fabian gegen ihre aggressiven, sexuellen Annäherungsversuche wehrt, desto stürmischer wird sie: »Seine Bemühung, sich der Frau zu erwehren, wurde zusehends falsch ausgelegt« (S. 16). Vor ihrem Haus angekommen, lässt Irene Moll Fabians »Nein« nicht gelten und bestimmt über dessen Verbleib, obwohl dieser sich mit der Begründung, frühmorgens im Büro sein zu müssen, absetzen möchte: »Mach mich nicht wütend. Du bleibst bei mir. Das Mädchen wird dich wecken« (S. 17).

Selbstbewusst und dominant

Irene Molls Entschlossenheit wird auch im Gespräch mit ihrem Gatten deutlich, dem sie bei Einspruch mit Vertragsbruch droht: »Wenn er dir nicht gefällt, brech ich den Kontrakt« (S. 20). Fabian ist empört und fühlt sich durch dieses Gespräch zum Objekt degradiert: »Sie reden über mich, als wäre ich ein Stück Streuselkuchen oder ein Rodelschlitten« (S. 20), was Irene Moll in der Folge ironisch bestätigt. Es entspricht ihrem Charakter, dass sie Fabian bei jeder Begegnung erneut Avancen macht und sich der Reiz, ihn zu besitzen, sogar zunehmend steigert, weil sie nicht akzeptieren kann und will, dass er sich ihr entzieht.

Entschlossen und kämpferisch

Irene Moll ist jedoch nicht nur sexlüstern und dominant, sondern auch selbständig und äußerst pragmatisch veranlagt. Hatte sie noch in Haupts Sälen

Selbständigkeit und Pragmatismus

nach Männerbordellen verlangt, setzt sie diese Forderung kurz darauf selbst um und eröffnet ein entsprechendes Etablissement, als ihr Mann wegen Unterschlagung fliehen muss. Sie bietet Fabian eine Stelle als Sekretär an, welche er jedoch ablehnt. Im Zug begegnet sie Fabian ein letztes Mal. Sie ist auf der Flucht ins Ausland, weil ihr illegal betriebenes Männerbordell angezeigt wurde, und bittet ihn, sie zu begleiten – doch dieser lehnt erneut ab.

Prototyp der Neuen Frau

Cornelia Battenberg: Cornelia Battenberg ist eine 25-jährige Rechtsreferendarin, die eine Dissertation zum internationalen Filmrecht geschrieben hat und nun nach Berlin gekommen ist, um ein Volontariat in der Vertragsabteilung einer großen Berliner Filmgesellschaft zu absolvieren. Cornelia ist intelligent, selbständig und stellt den Prototyp der Neuen Frau dar. Sie begegnet Fabian im Atelier der lesbischen Künstlerin Reiter, aus deren Kreis sie seiner Ansicht nach herausfällt. »Wie kommen sie eigentlich in diesen Saustall?« (S. 100), fragt er sie daher verwundert und ist zufrieden, als er erfährt, dass sie Reiter aus der gemeinsamen Schulzeit kennt und zum ersten und letzten Mal hier gewesen sei.

Respekt und Vertrautheit

Die beiden wirken schon bei ihrer ersten Begegnung sehr vertraut und sprechen offen und respektvoll miteinander über ihre Vorstellungen von Liebe. Cornelia erzählt von vergangenen Enttäuschungen und macht deutlich, dass sie den Vorsatz gefasst hat, sich nicht erneut emotional an einen Mann zu binden: »Ich bin kein Engel, mein Herr. Unsere Zeit ist mit den Engeln böse. Was sollen wir anfangen? Wenn wir einen Mann liebhaben, liefern wir uns ihm aus. […] Und wir sind allein wie nie zuvor« (S. 101). Sie ist mit Fabians Darstellung der ausweglosen männlichen Lage nicht einverstanden, da er die wirtschaftliche Situation für die Problematik von Beziehungen verantwortlich macht.

Obwohl sie emotional berührt ist und ihr Tränen übers Gesicht laufen, bringt sie ihre – und somit die weibliche – Sicht der Dinge unmissverständlich zum Ausdruck: »Ihr wollt den Warencharakter der Liebe, aber die Ware soll verliebt sein. Ihr zu allem berechtigt und zu nichts verpflichtet, wir zu allem verpflichtet und zu nichts berechtigt, so sieht euer Paradies aus. Doch das geht zu weit!« (S. 103) Trotz des Vorsatzes, sich nicht verlieben zu wollen, kommen sich die beiden schnell näher. Cornelia gesteht Fabian ihre Gefühle, geht aber nicht von einer festen Bindung aus und verlangt auch nicht von ihm, Verantwortung für sie zu übernehmen: »Ich habe geweint, weil ich dich liebhabe. Aber dass ich dich liebhabe, das ist meine Sache, hörst du? Und es geht dich nichts an« (S. 116).

■ Vertritt ihre Ansichten

Die Unabhängigkeit, die sie Fabian zugesteht, beansprucht Cornelia auch für sich selbst. Gerade in dem Moment, in dem Fabian bereit ist, eine ernsthafte Beziehung einzugehen und Verantwortung zu übernehmen, verliert er seinen Job. Cornelia geht ein Verhältnis mit dem Filmproduzenten Makart ein, um als Schauspielerin Karriere machen zu können. In ih-

■ Emotionale und finanzielle Unabhängigkeit

rem Brief an Fabian sondiert sie sachlich ihre Gefühle: »Mir ist, als hätte ich mich an die Anatomie verkauft. [...] Ich werde nicht zugrunde gehen. Ich werde mir einbilden, der Arzt untersucht mich. Er mag sich mit mir beschäftigen, es muss sein. Man kommt nur aus dem Dreck heraus, wenn man sich dreckig macht. Und wir wollen doch heraus! Ich schreibe: wir. Verstehst du mich? Ich gehe jetzt von Dir fort, um mit Dir zusammenzubleiben« (S. 182).

Cornelia signalisiert, dass sie bereit ist, ihren Körper zu verkaufen, sich dreckig zu machen, ein Tauschgeschäft einzugehen – jedoch nicht nur für ihr eigenes Glück, sondern auch für das Fabians und für eine gemeinsame Zukunft ohne Geldsorgen. Sie nimmt aber zugleich das Risiko in Kauf, dass sich Fabian aufgrund dieser Entscheidung von ihr abwendet und zieht demnach ihre berufliche Karriere und finanzielle Absicherung der Liebe vor: »Wirst du mich liebbehalten? Wirst du mich noch anschauen wollen und umarmen können, trotz dem anderen?« (S. 182) Diese Fragen machen deutlich, dass Cornelia Zweifel daran hegt, dass Fabian ihr verzeihen und sie weiterhin lieben kann.

Karriere vor Liebe

Ihr aufgrund dessen vorzuwerfen, sie habe keine echten Gefühle für Fabian, greift angesichts der Situation jedoch zu kurz. Cornelias Vertrauen ist erschüttert, sie wurde bereits zweimal »[s]tehengelassen wie ein Schirm, den man absichtlich irgendwo vergisst« (S. 101), und ist nach Fabians Entlassung nun finanziell völlig auf sich selbst angewiesen. In Zeiten ökonomischer Not sind viele dazu bereit, ihr Glück einzutauschen, wie auch Fabian bemerkt: »Wer haben will, muss hingeben, was er hat« – und so wird durch das Tauschgeschäft aus Cornelia »[e]ine unglückliche Frau, der es gutgeht« (S. 199). Mit ihrem Aufstieg zur Filmikone erscheint sie nun vollends als Inkarnation der modernen Neuen Frau.

Tauschgeschäft: Glück gegen Wohlstand

Fabians Mutter: Fabians Mutter lebt in Dresden und führt dort ein kleines Seifengeschäft. Sie hat ein enges Verhältnis zu ihrem Sohn, was unter anderem durch ihren regen Briefverkehr deutlich wird. Sie stellt als selbstlose, liebende Mutter die einzige ausschließlich positive Frauenfigur des Romans dar. Im vierten Kapitel, als Fabian von der Arbeit aus der Zigarettenfabrik zurückkehrt, erwartet ihn ein liebevoller Brief, in dem mütterliche Fürsorge und Sehnsucht nach dem Sohn deutlich werden: »Mein lieber Junge, wenn du doch bald mal wieder nach Hause kommen könntest. Ostern warst Du da. Wie die Zeit vergeht. Da hat man nun ein Kind und hat eigentlich keins. Die paar Tage im Jahr, wo wir uns sehen. Am liebsten setzte ich mich gleich auf die Eisenbahn und käme hinüber« (S. 49).

Selbstlose, liebende Mutter

Sie macht sich Sorgen um Fabians finanzielle Lage und seine beruflichen Perspektiven. Sie bittet ihn, kein Geld mehr zu schicken, da er dieses selbst nötig habe und nimmt ihn hinsichtlich seines Jobs als Werbetexter für eine Zigarettenfirma vor anderen in Schutz: »Frau Thomas meinte, es ist doch ein Jammer,

Sorge um Fabian

dass Du solches Zeug schreibst. Aber ich sagte, das ist nicht seine Schuld. Wer heute nicht verhungern will, und wer will das schon, der kann nicht warten, bis ihm der richtige Beruf durch den Schornstein fällt. Und dann habe ich noch gesagt, es ist ja nur ein Übergang« (S. 49). Sorgen macht sie sich nicht nur um Fabians berufliche Perspektiven und sein Einkommen, sondern auch um sein Privatleben und will ihn schützen: »Was machen die Mädchen?«, fragt sie und schickt eine Warnung hinterher: »Sieh dich vor« (S. 50).

Kurz nach Fabians Entlassung stattet seine Mutter ihm einen Überraschungsbesuch ab, um sich selbst davon zu überzeugen, dass es ihrem Sohn gut geht: »Ich musste nachsehen, was du machst. […] Ich hatte Sorgen um dich. Du beantwortest meine Briefe nicht mehr. Zehn Tage hast du nicht geschrieben. Es ließ mir keine Ruhe, Jakob« (S. 143). Ihre mütterliche Fürsorge, ihr Fleiß und ihre Ordnungsliebe werden auf verschiedenen Ebenen deutlich: Sie wäscht Fabians Wäsche, räumt sein Zimmer auf und umsorgt ihn, indem sie ihn mit verschiedenen mitgebrachten Lebensmitteln verwöhnt.

■ Mütterliche Fürsorge und Ordnungsliebe

Mutter und Sohn genießen ihre gemeinsame Zeit, sie schwelgen in Erinnerungen und gehen ins Kino. Der Umgang zwischen ihnen ist sehr innig und zärtlich: Im Kino lacht Fabian nur, weil er sich über das Lachen seiner Mutter freut, und zu Hause gibt er ihr einen Gutenachtkuss. Cornelia erwähnt Fabian nur kurz, seine Entlassung verschweigt er völlig – ver-

■ Unbeschwerter Spaß und zärtlicher Umgang

mutlich aus Rücksichtnahme, damit seine Mutter sich keine Sorgen machen muss. Dass er sie belügen muss, tut Fabian leid, umso mehr, als ihm bewusst ist, was ihr die gemeinsame Zeit mit ihrem Sohn bedeutet: »Ein hübsches Versteckspiel trieb er da mit der alten Frau! Rannte auf und davon, obwohl er nichts zu tun hatte. Ließ sie da oben allein in dem fremden, hässlichen Zimmer, obwohl er wusste, dass sie jede Stunde, die sie mit ihm zusammensein durfte, bereit war, gegen ein ganzes Jahr ihres Lebens einzutauschen« (S. 151 f.).

Beim Abschied wird die mütterliche Sorge um Fabians finanzielle Situation erneut deutlich, zugleich aber auch, wie sehr sich Mutter und Sohn ähneln. Sie hinterlässt ihm einen Brief mit etwas Geld und auch Fabian steckt ihr am Bahnhof heimlich Geld in die Tasche: »Er steckte den Zwanzigmarkschein ein. Jetzt saß die Mutter im Zug, und bald musste sie den anderen Zwanzigmarkschein finden, den er ihr in die Handtasche gelegt hatte. Mathematisch gesehen war das Ergebnis gleich Null. Denn nun besaßen beide dieselbe Summe wie vorher. Aber gute Taten lassen sich nicht stornieren. Die moralische Gleichung verläuft anders als die arithmetische« (S. 163).

■ Tausch der Zwanzigmarkscheine

Nach dem Tod Labudes kehrt Fabian zu seiner Mutter in seine Heimatstadt Dresden zurück. Bei ihr kann er seine Trauer endlich zulassen, wie bei seiner Ankunft deutlich wird: »Er ging auf sie zu und sagte mit zitternder Stimme: ›Mutter, Labude hat sich erschossen.‹ Und plötzlich liefen ihm die Tränen aus den Augen« (S. 243). Fabian berichtet von seiner Entlassung und der unglücklichen Liebe zu Cornelia. Seine Mutter wünscht sich für Fabian eine bürgerliche, geregelte Existenz und ermutigt ihn dazu, in Dresden zu bleiben: »Wäre es nicht besser, wenn du hier nach einer Stellung suchtest?«, fragt sie. »Gefällt es dir gar nicht mehr bei uns? Du könntest in die Wohnstube ziehen. Hier sind auch die Mädchen netter und nicht so verrückt. Vielleicht findest du doch eine Frau« (S. 253).

Wunsch nach bürgerlicher Existenz

4. Form und literarische Technik

Aufbau und Erzähltechnik

Der Roman *Fabian* ist nicht linear strukturiert und entfaltet mehrere Handlungsstränge. Neben der Haupthandlung um Fabian, in die Rückblenden aus dem Ersten Weltkrieg oder seiner Kindheit integriert sind, gibt es einen weiteren, in sich geschlossenen Handlungsstrang, der dem Leben seines besten Freundes Labude gewidmet ist. Beide Handlungsstränge sind eng miteinander verknüpft, so dass die Labude-Handlung als Parallele, Spiegelung und Ergänzung der Haupthandlung um Fabian gelten kann.

■ Kein linearer Handlungsverlauf

In 24 Kapiteln mit je etwa zehn Seiten werden die letzten zwölf Tage in Fabians Leben dargestellt, wobei die ersten 20 Kapitel in Berlin und die letzten vier Kapitel in Dresden spielen. Die Kapitelunterteilung folgt nicht immer der traditionellen Form, nach der einzelne Kapitel eine in sich geschlossene Einheit bilden. Stattdessen werden recht willkürlich auch mehrere Themen in einem Kapitel behandelt, bei denen teilweise kein Zusammenhang erkennbar ist, oder ein im vorigen Kapitel behandeltes Thema wird ohne prägnante Veränderung im nächsten fortgeführt. Die dreiteiligen Überschriften greifen stichwortartig die zentralen inhaltlichen Aspekte der jeweiligen Kapitel auf und geben dem Leser Orientierung.

■ Mehrere Themen pro Kapitel

Neben zahlreichen Dialogen sind eine sachliche, um Neutralität bemühte Erzählhaltung sowie die

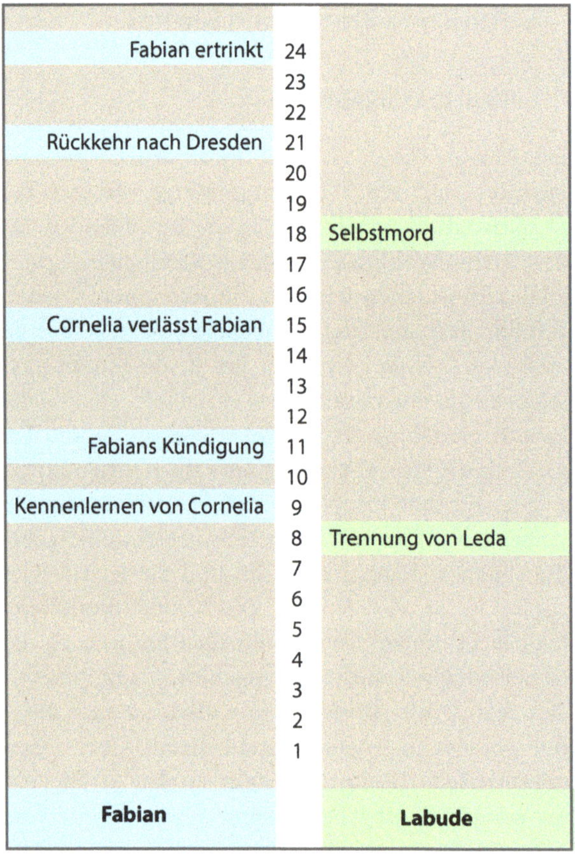

Abb. 2: Ereignisse und Wendepunkte der Handlung

Kombination aus personalem und auktorialem Erzählverhalten für den Roman charakteristisch, wobei Dialoge und personales Erzählen aus Fabians Perspektive überwiegen. Beim personalen Erzähler finden sich zahlreiche reflektierende Passagen und Kommentare zum Geschehen, die teilweise auch in erlebter Rede wiedergegeben werden:

Erzählverhalten: personal und auktorial

> »Fabian wischte mit der Hand über den Mund und ekelte sich. Was hatten Cornelias Lippen inzwischen berührt? Half es ihm, dass sie sich die Zähne geputzt hatte? War seinem Abscheu mit Hygiene beizukommen?
> Er überschritt die Straße und trat in den Park. Moral war die beste Körperpflege. Wasserstoffsuperoxyd zum Gurgeln genügte nicht«. (S. 202)

Unterbrochen wird das personale Erzählverhalten von der auktorialen Stimme beispielsweise beim Besuch der Mutter im 12. Kapitel oder im letzten Kapitel kurz vor Fabians Tod. Nachdem Fabian den Entschluss gefasst hat, ins Erzgebirge zu gehen, schaltet sich die im Roman eher seltene auktoriale Stimme ein:

> »Er trat aus dem Café. Aber war das nicht Flucht, was er vorhatte? Fand sich für den, der handeln wollte, nicht jederzeit und überall ein Tatort? Worauf wartete er seit Jahren? Vielleicht auf die Erkenntnis, dass er zum Zuschauer bestimmt und geboren war, nicht, wie er heute noch glaubte, zum Akteur im Welttheater?« (S. 267)

Stilistische Mittel

Sprache und Stil

Nüchterner Stil

Einfache Syntax, Parataxe

Kästner verwendet im *Fabian* eine recht schlichte und einfache Sprache, die an die Alltagssprache angelehnt ist und durch die eine leichte Lesbarkeit erreicht wird. Dieser nüchterne, lakonische Stil zeichnet sich syntaktisch durch eine Konzentration auf parataktische Fügungen sowie auf die Verwendung von kurzen Hauptsätzen und überschaubaren Hypotaxen aus:

> »Baden konnte er nicht. Das warme Wasser war kalt. Er wusch sich nur, [...] zog den grauen Anzug an, nahm den Brief seiner Mutter und setzte sich ans Fenster. Der Straßenlärm trommelte wie ein Regenguss an die Scheiben. In der dritten Etage übte jemand Klavier«. (S. 48)

Gleichwertigkeit der Eindrücke

Die Umwelt wird nüchtern registriert und beschrieben, sachlich und wertungsfrei, wobei dem Nebeneinander der Eindrücke Rechnung getragen und ihre Gleichwertigkeit betont wird. Durch diese Form der Darstellung wird einerseits der zum Teil eher tragische Inhalt kontrastiert, andererseits aber auch der resignative und eher pessimistische Grundton des Romans verstärkt. Das wird beispielsweise am Ende des Romans deutlich, wenn der Erzähler recht lapidar feststellt:

> »Fabian ertrank. Er konnte leider nicht schwimmen«. (S. 268)

In Anlehnung an die Alltagssprache werden auch umgangssprachliche Wendungen aufgegriffen, wie beispielsweise bei den Ausdrücken »uns blieb die Spucke weg« (S. 25) oder »[m]an geht mit der Zeit« (S. 51). Bezeichnend ist, dass die verwendete Sprache in den Dialogen an den sozialen Hintergrund der Figuren angepasst ist, wodurch Authentizität erzeugt wird. So unterscheidet sich beispielsweise die von den Damen im Bordell verwendete Sprache hinsichtlich ihrer Ausdrucksweise deutlich von der einer akademisch gebildeten Figur wie beispielsweise Labude; den Polizisten lässt Kästner im Berliner Dialekt sprechen: »Passense auf!« (S. 12)

Anlehnung an Alltagssprache

Sprachliche Bilder in Form von Vergleichen, Metaphern, Personifikationen und Allegorien sind im *Fabian* recht häufig zu finden. Sie dienen einerseits zur Umschreibung und Veranschaulichung abstrakter Zusammenhänge und Empfindungen, z. B. »wie unter einer Glasglocke [sitzen]« (S. 67), »Wartesaal […] Europa« (S. 68); und finden sich andererseits auch häufig bei der Beschreibung von Eindrücken: »Die Stadt glich einem Rummelplatz. Die Häuserfronten waren mit buntem Licht beschmiert, und die Sterne am Himmel konnten sich schämen« (S. 11).

Nutzung sprachlicher Bilder

Bemerkenswert ist die wiederkehrende Verwendung von Metaphern aus dem medizinischen Bereich. Sie dienen entweder wie bei Malmy (vgl. S. 39 f.) und Kollrepp (vgl. S. 138) zur Kritik an der Gesellschaft, die als krank empfunden wird und therapiert werden muss, oder zur Objektivierung von Gefühlen. Ver-

Medizinische Metaphern

deutlicht wird hierdurch beispielsweise Fabians distanziertes Verhältnis zur eigenen Sexualität und Gefühlswelt: »Man war ein Chirurg, der die eigene Seele aufschnitt« (S. 19). Cornelia hingegen versachlicht ihre Empfindungen und distanziert sich von ihnen, indem sie die Vorstellung vom Arzt dafür nutzt, die Realität schadlos überstehen zu können: »Mir ist, als hätte ich mich an die Anatomie verkauft. [...] Ich werde nicht zugrunde gehen. Ich werde mir einbilden, der Arzt untersucht mich« (S. 182).

Journalismus und Film

Schlagzeilenartige Überschriften

Kästners journalistische Tätigkeit – er schrieb unter anderem für die »Neue Leipziger Zeitung« – findet ihren Niederschlag auch im *Fabian*. Interessant ist, dass der Journalismus nicht nur inhaltlich eine Rolle spielt, sondern der Roman insgesamt Züge des journalistischen Stils trägt. Schon die dreiteiligen, schlagwortartigen Überschriften, die prägnant zentrale Aspekte des jeweiligen Kapitels aufgreifen, erinnern an Schlagzeilen: »So hat der Roman gelegentlich [...] etwas von der Zerstreuungs-, Sensations- und Informationstechnik der Presse, an die er sich optisch schon durch seine Kurzkapitel und Schlagzeilentechnik annähert.«[1]

Bemerkenswert ist zudem, dass der Romaneinstieg über das Medium Zeitung erfolgt: »Fabian saß in ei-

1 Erhard Schütz, *Romane der Weimarer Republik*, München 1986, S. 179.

nem Café namens Spalteholz und las die Schlagzeilen der Abendblätter« (S. 9), lautet der erste Satz. Im Anschluss werden 16 unterschiedliche Schlagzeilen, die einzig durch ihren Sensationscharakter verbunden werden, durch Kommata abgetrennt und wortgetreu in den Roman montiert. Das Nebeneinander von trivialen und bedeutenden Meldungen wird durch die sarkastischen Worte Fabians kommentiert: »Das tägliche Pensum. Nichts Besonderes« (S. 9). Diese Einschätzung, welche die Inhalte ad absurdum führt, lässt sich auf eine Übersättigung des Lesers durch die Häufung von Sensationsmeldungen zurückführen.

Romaneinstieg über Medium Zeitung

Die Montagetechnik, die es analog auch in der bildenden Kunst gibt, ist charakteristisch für den *Fabian* und findet sich vielfach in der Literatur der Neuen Sachlichkeit. Sie bezeichnet den Rückgriff auf Elemente aus anderen Medien und Bereichen, die in den Text montiert bzw. integriert werden. Innerhalb der neusachlichen Literatur soll hiermit eine größere Wirklichkeitsnähe und Authentizität der Texte erreicht werden.[2]

Literarische Montagetechnik

Im Roman finden sich neben den abgedruckten Schlagzeilen auch fremde Texte aus anderen Gattungen wie das von Irene Moll gesungene Lied (S. 64) oder die Ballade »Die Todesfahrt« (S. 79 ff.). Fabians Kündigungsschreiben (S. 120), den Brief der Mutter (S. 48 ff.), den Brief Cornelias (S. 181 f.) sowie den Abschiedsbrief Labudes (S. 208 ff.) hat Kästner als Zitate

Eingefügte Textzitate

2 Vgl. Sabina Becker, *Neue Sachlichkeit im Roman*, Stuttgart 1995, S. 12.

in den Roman aufgenommen. Britta Jürgs hat zudem herausgearbeitet, dass die Schilderung von Fabians Erlebnissen auf dem Weddinger Rummelplatz größtenteils mit einem Artikel von Kästner übereinstimmt, der unter dem Titel »Hauptgewinn 5 Pfund prima Weizenmehl!« im Februar 1928 in der »Neuen Leipziger Zeitung« veröffentlicht wurde.[3]

Episodenartige Struktur und szenischer Aufbau

Neben dem Journalismus ist auch der Bereich des Films für Kästners Roman wesentlich – sowohl inhaltlich in Bezug zu Cornelia als auch in Hinblick auf die Erzähltechnik. Die Nähe zum Film kommt vor allem durch die episodenartige Handlungsstruktur sowie durch das schnelle Erzähltempo mit häufigen Szenenwechseln zustande: »Durch eine rasante Episodenabfolge sowie zahlreiche Nebenfiguren und Schauplätze wird der aus der einfachen, parataktischen Syntax resultierende schnelle Erzählrhythmus noch gesteigert.«[4] Doch auch beim Erzählduktus zeigen sich filmische Techniken: Hier sind vor allem der szenische Aufbau des Romans und die abrupten Szenenwechsel von Bedeutung, die mitunter wie szenische Schnitte wirken.[5]

Filmische Erzählmuster

Nach Karl Prümm kann die Nähe zum Film generell als Kennzeichen neusachlicher Literatur gelten, was

3 Vgl. Britta Jürgs, »Neusachliche Zeitungsmacher, Frauen und alte Sentimentalitäten«, in: *Neue Sachlichkeit im Roman: Neue Interpretationen zum Roman der Weimarer Republik*, hrsg. von Sabina Becker und Christoph Weiß, Stuttgart 1995, S. 195–211, hier S. 199.
4 Jürgs (s. Anm. 3), S. 199.
5 Vgl. ebd., S. 203.

er an Falladas Roman *Kleiner Mann – was nun?* aufgezeigt hat. Seine folgende Feststellung lässt sich auch auf *Fabian* übertragen: »Die minutiöse Alltagsprosa adaptiert ohne Frage einen durch das Kino eingeübten Blick. Das neutrale Registrieren aller Details ohne akzentuierende Selektion, ohne auktoriale Bewertung und ohne idealistische Hierarchie, das gleichmäßige Abtasten der Oberfläche ist dem Kinematographen abgeschaut.«[6]

Satirische Verzerrung

Es wurde bereits erwähnt, dass Kästner seinen Roman als Satire verstanden wissen wollte: »Das vorliegende Buch, das großstädtische Zustände von damals schildert, ist kein Poesie- und Fotografiealbum, sondern eine Satire« (S. 6), betont der Autor in seinem Vorwort. Innerhalb der Forschung gehen die Meinungen darüber auseinander, ob Kästners Roman als Satire gelten kann oder doch zu nah an der dargestellten Wirklichkeit bleibt, um als Satire überzeugen zu können.[7]

■ Satire oder Realismus?

Dass die Vereinbarkeit von realistischer Darstellung und satirischer Verzerrung keinen Widerspruch

■ Vereinbarkeit beider Bereiche

6 Karl Prümm, »Exzessive Nähe und Kinoblick. Alltagswahrnehmung in Hans Falladas Roman *Kleiner Mann – was nun?*«, in: *Neue Sachlichkeit im Roman: Neue Interpretationen zum Roman der Weimarer Republik*, hrsg. von Sabina Becker und Christoph Weiß, Stuttgart 1995, S. 255–272, hier S. 266.

7 Vgl. Marja Rauch, *Erich Kästner. Fabian. Die Geschichte eines Moralisten*, München 2001, S. 94.

darstellt, hat Stefan Ringel herausgearbeitet: Der satirische Text evoziere meist beide Eindrücke und entfalte dadurch seine Wirkung. Es gebe Elemente, die den Eindruck des Realismus erwecken, während wiederum andere Elemente verzerrend wirken. Durch diese Variation hebe das Satirische den Lesern die Diskrepanz zu den Normen und Gesetzen ins Bewusstsein, denen sie vorbewusst unterliegen, und rege zur kritischen Reflexion an.[8] Der *Fabian* enthält ebenfalls beide Elemente: dokumentarische Elemente, die ein authentisches Bild der Wirklichkeit zeichnen; aber auch satirische, die mit Übertreibung und Karikatur arbeiten und sich nicht nur im offensichtlichen Sarkasmus der Hauptfigur und in den ironischen Zügen des Romans finden lassen.

So zeichnet Kästner ein nicht nur kritisches, sondern geradezu ausschließlich negatives Bild der Stadt Berlin und seiner Bewohner, die man zunächst alle als Verrückte behandeln sollte (vgl. S. 112 f.). Hinsichtlich der Darstellung des Nachtlebens und seiner Figuren wird das Satirische noch deutlicher. Sexualität erscheint vor allem in abnormen und skurril wirkenden Formen – so zum Beispiel als SM-Fetisch mit beiderseitigem Einverständnis zum Seitensprung, der sogar vertraglich festgehalten wird.

■ Übertriebene Darstellung

Die Nebenfiguren werden im Roman vielfach zu bloßen Typen verzerrt. So sind beispielsweise die beiden Frauen, die Fabian und Labude in Haupts Sälen

■ Nebenfiguren zu Typen verzerrt

8 Stefan Ringel, *Satire und Realismus*, Würzburg 2006, S. 97.

kennenlernen, bis ins Groteske überzeichnet: »Da lehnten sich zwei Trikotengel über die Brüstung. Die eine Frau war dick und blond, und ihre Brust lag auf dem Plüsch, als sei sie serviert. Die andere Person war mager, und ihr Gesicht sah aus, als hätte sie krumme Beine« (S. 59). In Fabians Traumvision findet die satirische Verzerrung dann ihren Höhepunkt: Figuren und Themen des Romans werden in grotesker Darstellungsweise gebündelt und die Entindividualisierung des Menschen zum zentralen Thema gemacht, wobei die Angst vor der daraus entstehenden Austauschbarkeit sich in den Figuren spiegelt, die bewusst als Typen gestaltet sind (vgl. Kap. 6.5).

Selbstaussagen und Erzähleräußerungen

Satirische Texte haben zudem die Tendenz zu Selbstaussagen und erklärenden Erzähleräußerungen, die sich auch im Fabian finden. So fordert der Erzähler die Leser beispielsweise nach Fabians Besuch in Frau Molls Wohnung dazu auf, das hinter den Mauern Wahrgenommene kritisch zu reflektieren, indem er es negativ bewertet (vgl. S. 24), und die dem letzten Kapitel vorangestellte Überschrift »Lernt schwimmen!« (S. 262) durchbricht gezielt die Erzählfiktion durch einen Appell des Autors an seine Leser.

5. Quellen und Kontexte

Entstehungsgeschichte und Urfassung

Kästner verfasste seinen Roman im Zeitraum von Ende September 1930 bis etwa Ende Juni 1931 in Berlin – also genau an dem Ort und zu jener Zeit, in der auch die Romanhandlung angesiedelt ist. Er nahm sich mehr Zeit als üblich und arbeitete sehr sorgfältig: »Für seine damaligen Verhältnisse ist *Fabian* ein langsam geschriebenes Buch, es sollte besonders gut gelingen, eine Summe aller bisherigen Werke werden.«[9] Bereits im Oktober 1930 klagt der Autor darüber, dass er nicht rasch genug vorankomme, aber jede freie Minute dafür verwende, über den Stoff nachzudenken und sich Notizen zu machen.[10] Kästner konnte sich zu dieser Zeit nicht ausschließlich auf sein Manuskript konzentrieren – er war sehr gefragt und arbeitete zeitgleich an mehreren Projekten. Neben dem *Fabian* fertigte er beispielsweise auch journalistische Texte an und schrieb an einem Theaterstück mit Hermann Kesten, das jedoch nie beendet wurde.[11]

■ *Fabian* als Summe aller Werke

Das Manuskript lag der Deutschen Verlags-Anstalt in Stuttgart etwa zehn Monate später vor. Bereits am 10. Juli äußerte sich Kästners Lektor Curt Weller über das vollständige Manuskript, das ihm als »Quer-

■ Entschärfung des Manuskripts

9 Sven Hanuschek, *Keiner blickt dir hinter das Gesicht. Das Leben Erich Kästners*, München/Wien 1999, S. 195.
10 Vgl. ebd., S. 195.
11 Ebd.

schnitt durch die Zeit« und als »Anklage grössten Stils«[12] durchaus zusagte. Probleme hatte er vor allem mit Kästners Titelvorschlägen: Weder der von Kästner zäh verteidigte Titel »Der Gang vor die Hunde« noch »Sodom & Gomorrha« kamen für ihn in Frage.[13] Zudem verlangte er die Kürzung explizit erotischer oder besonders drastischer Stellen und strich das ursprünglich vorgesehene »Nachwort für die Sittenrichter«, welches von Kästners Zeitgenossen jedoch in der bekannten Zeitschrift *Weltbühne* gelesen werden konnte. Kästner nahm sich etwa zwei Wochen Zeit für die ihm auferlegten Änderungen, so dass sein Roman in entschärfter Fassung und unter dem Titel *Fabian. Die Geschichte eines Moralisten* im Oktober 1931 veröffentlicht wurde.

Rekonstruktion und Veröffentlichung der Urfassung

Die von Kästner ursprünglich geplante Erstfassung des *Fabian* erschien 2013 unter dem Titel *Der Gang vor die Hunde* im Atrium Verlag. Kästner-Spezialist Sven Hanuschek hat den Text der Urfassung aus Kästners Nachlass rekonstruiert und als durchgehend lesbaren Text mit allen gestrichenen Passagen und mitsamt allen von Kästner verfassten Vor- und Nachworten zum *Fabian* im Anhang herausgegeben. Signifikante Änderungen betreffen vor allem das dritte und das vierte Kapitel, die zu einem Großteil gestrichen und durch neu geschriebene Teile ersetzt wurden.

12 Ebd., S. 196 f.

13 Sven Hanuschek, »Editorische Notiz«, in: Erich Kästner, *Der Gang vor die Hunde*, Zürich 2013, S. 245–273, hier: S. 245.

Signifikante Textänderungen

Das ursprüngliche dritte Kapitel handelt von Direktor Breitkopf, der sich vor Fabian und Kollege Fischer im Büro entkleidet, ihnen die Narbe seiner Blinddarmoperation zeigt und von Fabian auf sein Verhältnis mit der Sekretärin angesprochen wird. Dieses Kapitel wurde nahezu komplett durch das im Nachhinein geschriebene Kapitel in der Zeitungsredaktion ersetzt.[14] Das vierte Kapitel der Urfassung beginnt nicht im Büro, auch dieser Teil wurde neu hinzugefügt, sondern steigt direkt mit Fabians Rückkehr in sein Zimmer ein. Fabian liest zunächst in der Zeitung von einem Mord an einem sexlüsternen Fünfzigjährigen, bevor er den Brief seiner Mutter zur Hand nimmt. Die letzte Episode, in der Fabian und Labude bei einer Busfahrt einige monumentale Gebäude Berlins verspotten, wurde ebenfalls komplett gestrichen.[15]

Folgen der Eingriffe und Textkohärenz

Für die Logik des entschärften Romans haben die Eingriffe des Verlegers keine schwerwiegenden Folgen, hinsichtlich der inneren Bezüge ist die Urfassung jedoch kohärenter. So ist beispielsweise die Episode im Traumkapitel, in der Direktor Breitkopf das Kind der Sekretärin gebärt, an die gestrichene Episode in Fabians Büro angebunden. Und Fabian erinnert sich an die ebenfalls gestrichene Busfahrt mit Labude zurück, als er die Leiche seines Freundes in die Grunewaldvilla begleitet: »Wie lange war das her, dass

14 Vgl. Erich Kästner, *Der Gang vor die Hunde*, Zürich 2013, S. 24–32.
15 Ebd., S. 33–43.

sie hier miteinander im Autobus gefahren waren?« (S. 213).

Neue Sachlichkeit – Literatur der Weimarer Republik

Die Literatur der Neuen Sachlichkeit, die eine Spielart der literarischen Moderne darstellt und als Gegenbewegung zur damals vorherrschenden Richtung des Expressionismus entsteht, prägt sich ab Mitte der 1920er Jahre als dominante Strömung aus. Der neue Stil wendet sich gegen reine Poesie, Pathos und Innerlichkeit – stattdessen wird mit dem Einbezug aktueller Themen und einer nüchternen Ästhetik der Oberfläche der Gebrauchswert von Kunst betont. Neue Sachlichkeit spiegelt das veränderte Lebensgefühl des modernen Großstädters wider und ist als Phänomen der Weimarer Republik eng an die Metropole Berlin und die politischen und kulturellen Verhältnisse von 1920 bis 1933 gebunden.[16]

■ Gegenbewegung zum Expressionismus

Mitte der Zwanzigerjahre pulsiert das kulturelle Leben in der Hauptstadt – Berlin ist mit knapp vier Millionen Einwohnern zur viertgrößten Weltmetropole mit einer beeindruckenden Unterhaltungskultur angewachsen. Die »Goldenen Zwanziger Jahre«, mit denen ein kurzer Zeitraum des wirtschaftlichen und kulturellen Aufschwungs von 1924 bis 1929 bezeich-

■ Lebensgefühl der Goldenen Zwanziger

16 Vgl. Sabina Becker, *Neue Sachlichkeit. Band 1: Die Ästhetik der neusachlichen Literatur (1920–1933)*, Köln/Weimar/Berlin 2000, S. 5 f.

Abb. 3: Das »Haus Vaterland« am Potsdamer Platz (1930): Amüsiertempel der besonderen Art mit zwölf Restaurants, Caféhaus für 2500 Personen, großem Ballsaal und Kino. – Quelle: picture alliance //HGE/BD

net wird, sorgen für ein verändertes, modernes Lebensgefühl und tragen dem Bedürfnis der Menschen nach Zerstreuung und Unterhaltung Rechnung: Zahlreiche Cafés, Bars, Tanzpaläste, Kinos und Kabaretts entstehen in rasantem Tempo; die neuen Medien Kino, Rundfunk und Tagespresse etablieren sich zunehmend und erreichen nun breite Massen; zugleich sorgen technische Innovationen wie Lichtreklame, Automobile sowie Straßen- und U-Bahnen für ein neues Stadtbild und ein beschleunigtes Lebenstempo.

Das neue, urbane Lebensgefühl der Goldenen

Zwanziger führt zu einem wachsenden weiblichen Selbstbewusstsein und zu zunehmender Emanzipation, die sich in der Entstehung eines neuen Frauentyps spiegelt. Die traditionelle Frauenrolle, die durch Kinder, Heim und Herd gekennzeichnet ist, wird vor allem in den Metropolen durch junge Frauen hinterfragt und abgelehnt. Stattdessen ist die Neue Frau sachlich-rational, jung und modern. Sie arbeitet, schminkt sich, geht auch ohne männliche Begleitung aus und ist zudem privat und finanziell unabhängig. Ihr äußeres Erscheinungsbild ist nach dem Idealtypus androgyn mit schmalen Hüften und kleiner Brust. Sie trägt vorwiegend Bubikopf oder Topfhut, ist in Hemdkleider, knielange Röcke oder Herrenmantel gekleidet und gehört schon bald zum täglichen Erscheinungsbild Berlins.

Emanzipation der Frau

Glanz und Glamour, Luxus und Vergnügen, Modernität und Urbanität prägen den Mythos der Goldenen Zwanziger Jahre. In der Realität können sich jedoch nur die oberen Schichten den »Tanz auf dem Vulkan« leisten und der Alltag vieler Menschen erscheint alles andere als golden. So ist beispielsweise der Wohnraum in Berlin sehr knapp und die Arbeiterschicht wird häufig ausgebeutet; vielen Frauen bleibt ein gleichberechtigtes Leben trotz eingeführtem Wahlrecht weiterhin verwehrt. Zudem geht mit der wirtschaftlichen Stabilisierung keine Stärkung der Demokratie einher, so dass sich die bereits bestehenden Kämpfe zwischen Kommunisten und Nationalsozialisten verschärfen.

Mythos und Realität

Abb. 4: Die schwedisch-amerikanische Schauspielerin Greta Garbo trägt 1920 einen Topfhut (Cloche) mit vorn hochgeklappter Krempe. – Foto: Ruth Harriet Louise (1903–1940)

Mit dem New Yorker Börsencrash von 1929 finden die Goldenen Zwanziger ein jähes Ende. Das Platzen der Spekulationsblase am »Schwarzen Freitag« löst eine Weltwirtschaftskrise aus. In Deutschland führt dies in den Folgejahren zu staatlichen Notverordnungen, einer Bankenkrise, Stellenstreichungen und Lohnkürzungen. Im Jahr 1932 ist etwa ein Drittel der Erwerbstätigen arbeitslos; der Abbau von Sozialleistungen verschlechtert darüber hinaus die ökonomische Situation vieler Menschen. Es entsteht Verunsicherung, mangelndes Vertrauen in die Demokratie und ein Klima, das durch politische Radikalisierung, Rezession und Arbeitslosigkeit gekennzeichnet ist und den Nährboden für die Machtergreifung durch die Nationalsozialisten im Jahr 1933 bildet.

■ Die Weltwirtschaftskrise und ihre Folgen

Die Weltwirtschaftskrise beendet das neusachliche Kunstschaffen nicht, etliche Romane werden zu Beginn der Dreißigerjahre geschrieben und beziehen die Geschehnisse nach 1929 ein. Die literarischen Hauptwerke dieser Stilrichtung entstehen ab 1923, also zur Zeit des kulturellen und wirtschaftlichen Aufschwungs. Ab 1933 fällt die Verbreitung der neusachlichen Literatur aufgrund der Darstellung von Erotik oder Kritik am Nationalsozialismus der Zensur zum Opfer. Das führt zur Emigration zahlreicher Autoren, so dass neusachliche Elemente zum Teil auch in der Exilliteratur zu finden sind. Geprägt wird die Literatur der Neuen Sachlichkeit durch eine große Zahl von Schriftstellern: Neben Erich Kästner zählen beispielsweise Alfred Döblin, Vicki Baum, Bertolt Brecht, Lion

■ Entwicklung der Neuen Sachlichkeit

Feuchtwanger, Hans Fallada, Marieluise Fleißer, Hermann Kesten, Irmgard Keun, Erich Maria Remarque, Anna Seghers, Kurt Tucholsky und Arnold Zweig zu den Hauptvertretern der neusachlichen Literatur.

Themen und Stil der Neuen Sachlichkeit

Neue Sachlichkeit steht für modernes Kunstschaffen und kulturellen Fortschritt. Die Werke greifen das großstädtische Lebensgefühl der Goldenen Zwanziger Jahre ebenso auf wie die Folgen der Weltwirtschaftskrise und den sich bereits abzeichnenden, nahenden Untergang der Weimarer Republik. Themen wie Massenmedien, Technik, Unterhaltungsindustrie, verändertes Arbeitsleben und neues Frauenbild finden Einzug in Kunst und Literatur. Die veränderte Formensprache ist häufig angelehnt an den journalistischen Stil und entspricht dem neuen Lebensgefühl des modernen Großstädters: Kunst soll sachlich, objektiv und nüchtern sein. Im Zentrum steht eine an das Dokumentarische angelehnte, präzise Beobachtung und neutrale Beschreibung der sichtbaren Wirklichkeit.

Biographische Bezugspunkte zur Romanhandlung

Doppeldeutigkeit des Untertitels

Der Roman *Fabian* gilt als eines der bedeutendsten Werke Kästners, und das nicht zuletzt, weil er – noch stärker als andere seiner Schriften – autobiographische Züge aufweist. Bereits der doppeldeutige Untertitel lässt auf Parallelen zwischen der Hauptfigur Fabian und dem Autor Kästner schließen: Handelt es sich um eine Geschichte über den Moralisten Fabian oder um eine Geschichte des Moralisten Kästner? Beide Varianten ergeben Sinn, zumal der Autor sich im »Nachwort für die Sittenrichter« mit den Worten »Ich bin ein Moralist!«[17] ausdrücklich als solchen bezeichnet hat.

Parallelen zwischen Kästner und den Hauptfiguren

Die doppeldeutige Lesart des Untertitels wird durch zahlreiche autobiographische Parallelen zwischen Kästner und den beiden Hauptfiguren Fabian und Labude gestützt. Kästner ist auch promovierter Literaturwissenschaftler und plante zunächst ebenfalls eine Habilitation über Lessing – ein Vorhaben, das er Labude in seinem Roman realisieren lässt. Er selbst wendet sich wie Fabian von der Wissenschaft ab und der journalistischen Tätigkeit zu, indem er die Habilitation fallen lässt und für verschiedene Zeitungen publiziert.

Kritische Beobachterrolle

Das Herzleiden, das sich Fabian im Ersten Weltkrieg zugezogen hat, teilt er ebenso mit dem Autor wie seine auf Kriegserfahrungen beruhende pazifistische Einstellung. Parallelen sind auch hinsichtlich der politischen Haltung zu beobachten: Beide beziehen parteilich nicht konkret Position, bleiben dem tagespolitischen Kampf fern und verstehen sich eher als kritische Beobachter. Bereits vor seiner inneren Emigration in den Jahren nach 1933 beschränkte sich Kästner auf literarische Zeitkritik und war politisch

17 Erich Kästner, »Nachwort für die Sittenrichter«, in: Erich Kästner, *Der Gang vor die Hunde*, Zürich 2013, S. 233–235, hier S. 233.

gesehen »in der Weimarer Republik alles andere als ein Aktivist«.[18]

Mutterbindung und Frauengeschichten

Eine weitere Parallele stellt die enge Bindung zwischen Fabian und seiner Mutter sowie die geringe Bedeutung des Vaters innerhalb der familiären Beziehung dar, die ihr Vorbild in Kästners eigener Mutterbindung hat. Kästners Mutter lebte während seiner Berliner Jahre wie Fabians Mutter in Dresden und das Verhältnis zwischen den beiden war so innig, dass er sich auf Reisen mit ihr ein Zimmer teilte und ihr in dem rege geführten Briefkontakt von seinen Affären berichtete.[19] Kästners ausschweifendes Liebesleben mit wechselnden Partnerinnen stellt einen weiteren Bezugspunkt zu Fabian dar, der sich ebenfalls in zahlreiche erotische Abenteuer stürzt.

Verarbeitung persönlicher Erlebnisse

Bereits diese kurzen Ausführungen lassen darauf schließen, dass Kästner im *Fabian* persönliche Erlebnisse verarbeitet hat und hinter den beiden Figuren Fabian und Labude zumindest teilweise der Autor mit seinen Ansichten sichtbar wird. Dies sollte jedoch nicht dazu verleiten, einer einseitig autobiographischen Lesart des Textes Vorschub zu leisten und die ästhetische und fiktionale Dimension des Romans und seiner Figuren auszublenden.

18 Sven Hanuschek, *Erich Kästner*, Reinbek 2004, S. 56.
19 Vgl. ebd.

6. Interpretationsansätze

Großstadtdschungel

Beschleunigung, Chaos, Lärm und Orientierungslosigkeit – Kästners *Fabian* ist ein Zeitroman, der das urbane Lebensgefühl Berlins wiedergibt. Die Hauptfigur erkundet teils ziellos verschiedene Orte der Stadt, um auf diese Weise das unverfälschte Leben innerhalb der Metropole einzufangen, von der in den 1920er und 30er Jahren alle technischen wie künstlerischen Innovationen ausgegangen sind. Neben dem von Alfred Döblins *Berlin Alexanderplatz* paradigmatisch besetzten neuen Typus des Großstadtromans gibt es eine zweite, neusachliche Variante, die ebenfalls nach dem Ersten Weltkrieg entsteht und nach Johannes Pankau »am deutlichsten in Erich Kästners *Fabian* realisiert ist«.[20]

■ Großstadtroman

Bereits der Romaneinstieg zeigt ein Café, in großstädtischer Szenerie. Dort trinkt Fabian Kaffee und liest die Schlagzeilen der Abendblätter, anschließend fragt er den Kellner: »Soll ich hingehen oder nicht?« (S. 10) Der Kellner rät ab, ohne zu wissen, worum es geht, Fabian tut indes das Gegenteil, zahlt und verlässt das Café. »Er hatte keine Ahnung, wo er sich befand«, heißt es anschließend, Orientierungslosigkeit auf ganzer Linie – so beginnt Fabians erste Reise durch das nächtliche Berlin.

■ Romaneinstieg ist Programm

20 Johannes G. Pankau, *Einführung in die Literatur der Neuen Sachlichkeit*, Darmstadt 2010, S. 74.

Der Romaneinstieg ist Programm, sowohl bezüglich der Einführung wichtiger Themen als auch hinsichtlich der Erzählweise: So verweisen die zitierten Schlagzeilen, bei denen triviale und wichtige Meldungen ohne Akzentuierung aneinandergereiht werden, bereits auf die episodenartige, nicht lineare Struktur des Romans und greifen den für ihn bedeutenden Bereich des Journalismus auf. Das Café entspricht als öffentlicher Raum dem modernen, urbanen Lebensgefühl, und die Hauptfigur Fabian erscheint nicht nur orientierungslos innerhalb des chaotischen Großstadtdschungels, sondern auch unbestimmt hinsichtlich der eigenen Wünsche und Ziele. Er macht den Kellner zum Orakel, weil es ihm gleichgültig zu sein scheint, ob er anschließend Frau Sommers Klub besucht oder nicht.

Orientierungslosigkeit

Bereits auf dem Weg zum Café hat er sich ziellos treiben lassen und ist eher zufällig dort gelandet:

> »Er hatte keine Ahnung, wo er sich befand. Wenn man am Wittenbergplatz auf den Autobus 1 klettert, an der Potsdamer Brücke in eine Straßenbahn umsteigt, ohne deren Nummer zu lesen, und zwanzig Minuten später den Wagen verlässt, weil plötzlich eine Frau drinsitzt, die Friedrich dem Großen ähnelt, kann man wirklich nicht wissen, wo man ist.« (S. 10)

Fabians Wegbeschreibung ist in zweifacher Weise bezeichnend: Einerseits hinsichtlich seiner Ziellosigkeit und andererseits aufgrund der Genauigkeit seiner Beschreibung. Durch die detaillierte Nennung von Straßennamen und bekannten Plätzen kann sich der ortskundige Leser orientieren, und es wird Authentizität erzeugt, womit ein wichtiges Kriterium des Zeitromans erfüllt wird. Die sich anschließende Beschreibung des nächtlichen Berlins entspricht Fabians Wahrnehmung der Stadt:

■ Detaillierte Ortsbeschreibungen

> »Die Stadt glich einem Rummelplatz. Die Häuserfronten waren mit buntem Licht beschmiert, und die Sterne am Himmel konnten sich schämen. Ein Flugzeug knatterte über die Dächer. Plötzlich regnete es Aluminiumtaler. Die Passanten blickten hoch, lachten und bückten sich. Fabian dachte flüchtig an jenes Märchen, in dem ein kleines Mädchen sein Hemd hochhebt, um das Kleingeld aufzufangen, das vom Himmel fällt. Dann holte er von der steifen Krempe eines fremden Hutes einen Taler herunter. ›Besucht die Exotikbar, Nollendorfplatz 3, Schöne Frauen, Nacktplastiken, Pension Condor im gleichen Hause‹, stand darauf. Fabian hatte mit einem Male die Vorstellung, er fliege dort oben im Aeroplan und sehe auf sich hinunter, auf den jungen Mann in der Joachimsthaler Straße, im Gewimmel der Menge, im Lichtkreis der Laternen und Schaufenster, im Straßengewirr der fiebrig entzündeten Nacht.
> Wie klein der Mann war. Und mit dem war er identisch!« (S. 11)

■ Vergleich mit einem Rummelplatz

Unübersichtlichkeit und Vergnügen

Der Vergleich mit einem Rummelplatz verdeutlicht die Unübersichtlichkeit sowie das rastlose und dynamische Treiben eines auf Zerstreuung und Vergnügen ausgerichteten Ortes. Es ist von Straßengewirr und zahlreichen Menschen die Rede, die ein Gewimmel bilden; die Lichter der Laternen und die Reklamewerbung in den Schaufenstern bieten den Passanten ebenso wie die vom Himmel regnenden Aluminiumtaler zusätzliche Reize.

Kontrastierung: Kultur – Natur

Die Beschreibung der Häuserfronten als mit »buntem Licht beschmiert« führt zu einer Kontrastierung der vom Menschen erschaffenen Stadt mit der Natur – denn es sind die »Sterne am Himmel« (S. 11), die sich schämen müssen, da sie im Vergleich mit den grellen Lichtern der Großstadt nicht standhalten können. Die negative Konnotation durch den Begriff »verschmiert« sowie die Gegenüberstellung von Kultur und Natur legen den Eindruck einer Denaturierung nahe, welcher in der Folge durch die Metapher »fiebrig entzündete Nacht« (S. 11) verstärkt wird.

Fabians Dissoziationserfahrung

Bei Fabian löst die Reizüberflutung eine Dissoziationserfahrung aus: Er sieht sich selbst weit oben über dem Geschehen und betrachtet das nächtliche Treiben aus der Vogelperspektive. Dabei blickt er auf sich selbst herab und wird sich seiner Bedeutungslosigkeit innerhalb des großstädtischen Lebens bewusst: »Wie klein der Mann war. Und mit dem war er identisch!« (S. 11) Fabian weiß, dass er als Einzelner innerhalb der Anonymität der Masse nur einer unter vielen und seine Existenz im Grunde überflüssig ist.

Dieses Bewusstsein über die Nichtigkeit der eigenen Existenz, das die Gefühle von Einsamkeit und Entfremdung auslösen kann und sich somit auf psychischer Ebene entfaltet, korreliert mit den negativen Auswirkungen der Großstadt auf physischer Ebene in Form von körperlichen Beschwerden:

■ Körperliche Auswirkungen der Großstadt

> »Als er aus dem Bahnhof trat und wieder diese Straßenfluchten und Häuserblocks vor sich sah, dieses hoffnungslose, unbarmherzige Labyrinth, wurde ihm schwindlig. Er lehnte sich neben ein paar Gepäckträgern an die Wand und schloss die Augen. Doch nun quälte ihn der Lärm. Ihm war, als führen die Straßenbahnen und Autobusse mitten durch seinen Magen. Er kehrte wieder um, stieg die Treppe zum Wartesaal hinauf und legte dort den Kopf auf eine harte Bank.« (S. 181)

Die Metropole Berlin steht im Gegensatz zum provinziellen Dresden, in dem noch Ordnung und moralische Vorstellungen vorherrschen. Fabian erklärt Cornelia, die ebenfalls aus der Provinz stammt, dass die Stadt nur scheinbar an zu Hause erinnere: »Der Mondschein und der Blumenduft, die Stille und der kleinstädtische Kuss im Torborgen sind Illusionen« (S. 111). Stattdessen sei Berlin zu einer Stätte des Sittenverfalls verkommen, wie er weiter ausführt:

■ Berlin als Stätte des Sittenverfalls

> »Soweit diese riesige Stadt aus Stein besteht, ist sie fast noch wie einst. Hinsichtlich der Bewohner

gleicht sie längst einem Irrenhaus. Im Osten residiert das Verbrechen, im Zentrum die Gaunerei, im Norden das Elend, im Westen die Unzucht, und in allen Himmelsrichtungen wohnt der Untergang.« (S. 112)

Sehnsucht nach Heimatstadt

Fabian fühlt sich in Berlin mitunter deplatziert und sehnt sich nach der kleinstädtischen Ordnung seiner Heimat: »Was hatte er hier in dieser Stadt, in diesem verrückt gewordenen Steinbaukasten, zu suchen? [...] Den Untergang Europas konnte er auch dort abwarten, wo er geboren worden war« (S. 50).

Ambivalentes Verhältnis zu Berlin

Fabians Verhältnis zu Berlin ist äußerst ambivalent: Er äußert sich immer wieder kritisch und negativ über die Stadt, bezeichnet sie beispielsweise als »Sodom und Gomorrha« (S. 111) und führt damit ihren moralischen Verfall vor Augen. Doch gleichzeitig scheint Berlin für seine ungebundene und unbestimmte Existenz genau der richtige Ort zu sein und einen großen Reiz auf ihn auszuüben. Immer wieder taucht er in das großstädtische Leben mit all seinen Facetten ein und fühlt sich vom Nachtleben mit seinen moralischen Verfehlungen geradezu angezogen.

Dresden als Kontrast zu Berlin

Nach seiner Rückkehr in die Heimatstadt Dresden erscheint diese als Kontrast zur Metropole Berlin. Während das Leben in Berlin pulsiert, hat sich in der Provinz nichts verändert und alles geht seinen ruhigen Gang – so unterrichten in seiner alten Schule noch die gleichen Lehrer und im Bordell erklären die Prostituierten, es sei »zum Sterben langweilig«

(S. 257). Der Unterschied zwischen den beiden Städten könnte für Fabian nicht größer sein, wie er bei dem Gedanken an Cornelia und Labude bemerkt: »Fabian stand unter einem anderen Himmel. Hier hatte Deutschland kein Fieber. Hier hatte es Untertemperatur« (S. 261).

Medien – Zeitung, Werbung, Film

Mit der Darstellung des Lebens in der modernen Großstadt ist die im Roman betriebene Reflexion über die Funktion moderner Medien und Technik eng verbunden. Kästner greift hiermit ein typisches neusachliches Thema auf und bezieht sich dabei auf diejenigen Bereiche, zu denen er auch einen individuellen Zugang hatte: So schrieb er für verschiedene Zeitungen und war als Drehbuchautor tätig. Gleich in doppelter Weise überraschend ist hierbei die vorwiegend kritische Schilderung, wie Marja Rauch zu Recht anmerkt: »Kästner distanziert sich damit einerseits von dem Milieu, in dem er seine literarische Karriere begonnen hat, andererseits von der Affirmation technischer Errungenschaften, die der Neuen Sachlichkeit von ihren Kritikern unterstellt wird.«[21]

■ Kritische Reflexion der Medien

Insbesondere das Zeitungswesen nimmt im Roman breiten Raum ein. Bereits zu Beginn der Handlung erleben wir Fabian im Café als Zeitungsleser, der die sensationsheischenden Schlagzeilen sarkastisch

■ Medium Zeitung im Roman

21 Rauch (s. Anm. 7), S. 70.

mit den Worten »Das tägliche Pensum. Nichts Besonderes« (S. 9) kommentiert; etwas später beim Besuch einer Zeitungsredaktion im Gespräch mit Redakteuren über ihre Tätigkeit und am Ende als Bewerber bei einer rechtsorientierten Zeitung um eine Stelle als Propagandist.

Meldungen werden frei erfunden

Besonders Fabians Besuch in der Zeitungsredaktion und der sich anschließende Gang ins Weinlokal sind aufschlussreich hinsichtlich der kritischen Reflexion über die Funktion des Mediums Zeitung. Hier erfährt Fabian, dass die Redakteure Nachrichten frei erfinden, um das Blatt zu füllen. So belehrt Redakteur Münzer den über die frei erfundene Meldung fassungslosen Volontär mit den Worten: »Meldungen, deren Unwahrheit nicht oder erst nach Wochen festgestellt werden kann, sind wahr« (S. 32). Von Fabian auf die Lüge angesprochen, entgegnet Münzer: »Glauben Sie mir, mein Lieber, was wir hinzudichten, ist nicht so schlimm wie das, was wir weglassen. [...] Man beeinflusst die öffentliche Meinung mit Meldungen wirksamer als durch Artikel, aber am wirksamsten dadurch, dass man weder das eine noch das andere bringt. Die bequemste öffentliche Meinung ist noch immer die öffentliche Meinungslosigkeit« (S. 32).

Manipulation der öffentlichen Meinung

Hierdurch wird deutlich, dass das Medium Zeitung lediglich der Manipulation der Leserschaft mit dem Ziel der öffentlichen Meinungslosigkeit dient und dem Journalismus nicht nur jegliche kritische Funktion, sondern auch die Funktion der objektiven Berichterstattung abgesprochen wird. So folgen die Redakteure auch der Anweisung, der Regierung mit ihren Texten nicht zu schaden, wie Münzer Fabian erklärt, als dieser wissen möchte, was er unter die Kanzlerrede schreibe: »Keine Silbe. Nicht ein Wort. Wir haben Anweisung, der Regierung nicht in den Rücken zu fallen. Wenn wir dagegenschreiben, schaden wir uns, wenn wir schweigen, nützen wir der Regierung« (S. 33).

Zeitung behält kommunikative Funktion

Eine kommunikative Funktion erfüllt die Zeitung innerhalb der Romanhandlung nur in Fällen, in denen die zwischenmenschliche Interaktion gestört ist: So erfährt Kollrepp über die Zeitung von der Geburt seiner Enkelin; Labudes Vater wird nach Mutmaßung des Dieners durch die Zeitung vom Selbstmord seines Sohnes erfahren, und Fabian erfährt auf diesem Wege vom Hype um Cornelia als neuem Stern am Filmhimmel.

Werbetrick: Verkehrung des Sterntaler-Motivs

Einen kritischen Blick wirft der Roman ebenfalls auf den Bereich der Werbung, wie bereits bei Fabians erstem Weg durch das nächtliche Berlin deutlich wird: So erscheint das bunte Licht der Leuchtreklame als Beschmutzung der Häuserfronten, und es regnet Aluminiumtaler vom Himmel, die Fabian an das Märchen *Sterntaler* der Brüder Grimm erinnern. Doch während der Talerregen im Märchen von allen materiellen Sorgen befreit und somit wahres Glück darstellt, dienen die Aluminiumtaler im Roman lediglich der Manipulation und Verführung der Menschen, indem sie ihnen käufliches Glück in der beworbenen Exotikbar am Nollendorfplatz verheißen.

Job als Werbetexter

Fabian ist zunächst selbst als Werbetexter für eine Zigarettenfabrik tätig: »Er tat seine Pflicht, obwohl er nicht einsah, wozu« (S. 45), heißt es, was auf ein distanziertes, jedoch nicht völlig verneinendes Verhältnis zu seiner Tätigkeit schließen lässt. Er sieht seinen Beruf als Broterwerb an, weiß jedoch um seine Fähigkeiten in diesem Bereich und versucht daher auch in Dresden bei der »Tagespost« als Propagandist unterzukommen. Dies stellt Fabians Moralbewusstsein jedoch auf eine harte Probe:

> »Er saß im Café Limberg, trank einen Kognak und machte sich Gedanken. Es war hirnverbrannt, was er plante. Er wollte, falls man die Gnade hatte, ihn zu nehmen, einer rechtsstehenden Zeitung behilflich sein, sich auszubreiten. Wollte er sich etwa einreden, ihn reize Propaganda schlechthin, ganz gleich, welchen Zwecken sie diente? Wollte er sich so betrügen? Wollte er sein Gewissen, wegen zweier Hundertmarkscheine im Monat, Tag für Tag chloroformieren? Gehörte er zu Münzer und Konsorten?« (S. 266)

Bleibt seinen Werten treu

Fabian entscheidet sich für seine moralischen Werte und gegen das Jobangebot, denn »Geldverdienen war für ihn noch immer nicht die Hauptsache« (S. 266). Indem er Münzer und Konsorten nennt, wird eine Engführung der beiden Medienbereiche erreicht und verdeutlicht, dass nicht nur im Zeitungswesen gelogen wird, um die Menschen im eigenen

Sinne zu manipulieren, sondern auch in der Werbebranche.

Die Medien werden im *Fabian* insgesamt äußerst negativ dargestellt: Sie erscheinen korrupt, manipulativ und verlogen. Die Kritik macht auch vor der Filmbranche keinen Halt, deren Glanz und Glamour als falscher Schein entlarvt wird. Der Bereich des Films wird erstmals durch Fabian erwähnt, der Cornelia Battenberg eher im Spaß vorschlägt, Filmschauspielerin zu werden, als diese über ihre schlechte Bezahlung als Rechtsreferendarin klagt. Kurz darauf wird Cornelia tatsächlich für eine Hauptrolle angenommen. Doch der Erfolg fordert seinen Tribut: Cornelia muss ein Verhältnis mit dem einflussreichen Filmproduzenten Makart beginnen, um in seinem neuen Film herausgestellt zu werden.

■ Falscher Schein der Filmbranche

Die Welt des Films erscheint somit als eine kalte, korrupte Welt, in der sich eine Frau verkaufen muss, um Erfolg haben zu können. Daher prognostiziert Fabian Cornelia auch, dass es mit Makart nicht getan sei: »Wahrscheinlich wird er nicht der Einzige bleiben, dem du dich ausliefern wirst. Es findet sich immer wieder ein Mann, der einer Frau den Weg versperrt und mit dem sie sich langlegen muss, wenn sie über ihn hinweg will. Du wirst dich daran gewöhnen, den Präzedenzfall hast du ja seit gestern hinter dir« (S. 200 f.).

■ Filmwelt: kalt und korrupt

Unter der Schlagzeile »Juristin wird Filmstar« wird die neueste Entdeckung Cornelia Battenberg im Feuilleton der Boulevardzeitungen gefeiert. Sie »re-

■ Cornelias Erfolg in der Zeitung

präsentiere als ehemaliger Referendar einen neuen Modetyp, die intelligente deutsche Frau« (S. 239). Hier wird erneut deutlich, dass das Medium Zeitung nur die halbe oder gar keine Wahrheit spricht – denn Cornelias Karriere hat rein gar nichts mit ihrer Intelligenz zu tun, sondern vielmehr mit der Bereitschaft, sich für eine Schauspielkarriere zu prostituieren.

Technik – Professor Kollrepp

Begegnung mit Erfinder Kollrepp

Die Kritik an den Medien gipfelt – freilich unter verändertem Vorzeichen – in eine allgemeine Kritik an der modernen Technik. Diese erfolgt fast ausschließlich durch die lebensbejahende und zugleich kritisch denkende Figur Professor Kollrepp. Er setzt sich auf dem Kreuzberg neben den gerade arbeitslos gewordenen Fabian und zeichnet mit seinem Schirm eine komplizierte Skizze in den Sand. »Verstehen Sie was von Maschinen?« (S. 124), fragt er Fabian, der ohne Zögern sein technisches Unvermögen bezeugt. Der alte Herr gibt sich sodann als renommierter Erfinder zu erkennen, dem die Textilindustrie die Steigerung ihrer Produktion um das Fünffache verdanke. Er und andere hätten dabei viel Geld verdient. Doch Professor Kollrepp hat Schuldgefühle, da seine Erfindungen negative Folgen für hunderttausende Menschen mit sich brachten:

> »Ich erfand friedliche Maschinen und merkte nicht, dass es Kanonen waren. Das konstante Kapital

> wuchs unaufhörlich, die Produktivität der Betriebe nahm zu, aber, mein Herr, die Zahl der beschäftigten Arbeiter nahm ab. Meine Maschinen waren Kanonen, sie setzten ganze Armeen von Arbeitern außer Gefecht. Sie zertrümmerten den Existenzanspruch von Hunderttausenden.« (S. 126)

■ Rationalisierungsprozesse und Massenarbeitslosigkeit

Dass seine Geräte der Rationalisierung dienen und etliche Menschen arbeitslos machen würden, hatte Kollrepp nicht einkalkuliert. Um den Schaden wiedergutzumachen, begann er Geld an die Arbeitslosen zu verschenken, was zu Problemen mit seiner Familie führte, die ihn entmündigen ließ. Seither lebt Professor Kollrepp als Stadtstreicher auf der Flucht und hält die Dokumente seiner neuesten Erfindung, die nicht in falsche Hände gelangen dürfen, in seiner Brusttasche versteckt.

■ Hält neueste Erfindung versteckt

Kästners Roman beleuchtet somit die Schattenseiten der modernen Technik, die zu massenhafter Armut beiträgt und nur wenigen Menschen nützt, die daran Millionen verdienen. Den gleichen Zusammenhang benennt bereits Handelsredakteur Malmy im Weinlokal unter dem Paradox, dass durch die fortschreitende technische Perfektionierung und darauffolgende Rationalisierungsprozesse auch die Anzahl der Konsumenten verringert werde: »Die Technik multipliziert die Produktion. Die Technik dezimiert das Arbeitsheer. Die Kaufkraft der Massen hat die galoppierende Schwindsucht« (S. 38).

■ Schattenseiten der modernen Technik

Mit Britta Jürgs kann daher festgehalten werden,

Fabians kritisches Verhältnis zur Technik

dass die fortschreitende Technisierung auch von den Romanfiguren abgelehnt wird: »Weder Kollrepp noch Fabian bejahen die zunehmende Technisierung, sondern sehen darin die Gefahren. In Kästners Roman findet keine Verherrlichung von Fortschritt und Technik statt. Während der Erfinder jedoch eine Begründung für sein verändertes Technikverständnis hat, kokettiert Fabian lediglich mit seiner eigenen Technikaversion [...].«[22] Fabians kritisches Verhältnis zur Technik wird an dieser Stelle tatsächlich nur angedeutet und verdeutlicht sich in seiner Traumvision. Dort begegnet er der neuesten Kollrepp'schen Erfindung, einer übermächtigen Maschine, die Menschen als ihre eigenen Klone reproduziert.

Kollrepp wird eingewiesen

Die Figur Professor Kollrepp dient nicht nur zur Kritik an der modernen Technik, sein Schicksal führt dem Leser auch in anderer Hinsicht den maroden Zustand der Gesellschaft vor Augen. Denn einen Tag, nachdem er bei Fabian übernachtet hat, wird Kollrepp aufgefunden und kann Fabian gerade noch die Unterlagen seiner neuesten Erfindung zustecken, bevor er in die Psychiatrie abgeführt wird. Durch die Figur des Professors bestätigt sich demnach Fabians negatives Menschen- und Weltbild in dem Paradox, dass der klar Denkende und moralisch richtig Handelnde für verrückt erklärt, verfolgt und eingesperrt wird.

22 Jürgs (s. Anm. 3), S. 201.

Neusachliche Liebe

Fabians Weg durch den Großstadtdschungel ist nicht zuletzt auch die Beschreibung einer Folge von erotischen Abenteuern. An mehr oder weniger öffentlichen und erotisch aufgeladenen Orten trifft er auf Frauen, zu denen er – mit Ausnahme von Cornelia Battenberg – vor allem flüchtige Beziehungen herstellt und denen er mit einem Spektrum an Gefühlen begegnet, die von Neugier und Faszination bis zu Ablehnung und Ekel reichen. Der Roman entwirft anhand von Fabians Frauengeschichten einen Geschlechterdiskurs, der das Bild der neuen, emanzipierten Frau aufgreift und ihr verändertes Rollenverständnis thematisiert. So zeigt sich die Zugehörigkeit des *Fabian* zur Neuen Sachlichkeit gerade auch in den Frauenfiguren, da sie es sind, die sich nach den neusachlichen Verhaltenslehren richten und zu einer Veränderung des Geschlechterverhältnisses beitragen.

■ Geschlechterdiskurs und Neue Frau

Der Diskurs über das Verhältnis der Geschlechter findet nicht nur in der Gestaltung und im Handeln der Protagonisten ihren Ausdruck, sondern wird bereits im ersten Gespräch zwischen Cornelia und Fabian explizit thematisiert. Obwohl sie sich gerade erst kennengelernt haben, sprechen sie im Atelier der Künstlerin Reiter sehr offen über ihre Vorstellungen von Liebe und die Problematik von Beziehungen in der Gegenwart, wobei sich beide als Vertreter einer desillusionierten Generation junger Menschen zu erkennen geben.

■ Gespräch über Liebe

Cornelias Selbstverständnis als unabhängige Frau, die sich zukünftig nicht mehr an einen Mann binden möchte, ist das Resultat zweier vorhergehender Enttäuschungen, wie sie Fabian berichtet: »Ich bin kein Engel, mein Herr. Unsere Zeit ist mit den Engeln böse« (S. 101). Fabian hingegen führt ihr die Situation der Männer als Aporie vor Augen: Der Mann habe gar keine andere Möglichkeit, als verantwortungslos zu handeln. Denn entweder binde er trotz drohender Arbeitslosigkeit eine Frau an sich, für die er bald nicht mehr sorgen könne; oder er lehne die Verantwortung von vornherein ab (vgl. S. 101 f.). Fabian macht somit die unsicheren wirtschaftlichen Verhältnisse für die Problematik von Beziehungen zwischen Mann und Frau verantwortlich.

■ Situation der Männer als Aporie

Cornelia nimmt darauf Bezug, indem sie ausführt, dass Liebe in Zeiten des Kapitalismus zur Ware verkommen sei: »Früher verschenkte man sich und wurde wie ein Geschenk bewahrt. Heute wird man bezahlt und eines Tages, wie jede bezahlte und benutzte Ware, weggetan. Bezahlung ist billiger, denkt der Mann« (S. 103). Fabians Argument von der ausweglosen Situation der Männer lässt sie nicht gelten. Sie ist davon überzeugt, dass die Männer nicht wirklich an einem gleichberechtigten Verhältnis interessiert, sondern vielmehr auf ihren eigenen Vorteil bedacht sind:

■ Warencharakter der Liebe

»Ihr wollt den Warencharakter der Liebe, aber die Ware soll verliebt sein. Ihr zu allem berechtigt und zu nichts verpflichtet, wir zu allem verpflichtet und

> zu nichts berechtigt, so sieht euer Paradies aus. Doch das geht zu weit! […] Wenn ihr uns kaufen wollt, dann sollt ihr teuer dafür bezahlen.« (S. 103 f.)

Cornelia kündigt bereits innerhalb dieses Sachlichkeitsdiskurses ihren Widerstand an, zeigt sich aber dennoch verletzlich – ihre Tränen kann sie nicht zurückhalten. Dies wiederholt sich nach der ersten gemeinsamen Nacht: »Ich habe geweint, weil ich dich liebhabe. Aber dass ich dich liebhabe, das ist meine Sache, hörst du? Und es geht dich nichts an. Du sollst kommen und gehen, wann du willst. Und wenn du kommst, will ich mich freuen, und wenn du gehst, will ich nicht traurig sein. Das verspreche ich dir« (S. 116). Cornelia gesteht Fabian ihre Gefühle zwar ein, erwartet jedoch nicht von ihm, Verantwortung für sie zu übernehmen.

■ Liebe ohne Verantwortung

Diese Unabhängigkeit beansprucht Cornelia in der Folge auch für sich selbst, und so ist es am Ende Fabian, der für den Egoismus der Männer mit seinem Schmerz bezahlen muss. Nach seiner Entlassung erklärt er, er habe 270 Mark erhalten, die ihnen zum Leben bleiben – damit signalisiert er seine Bereitschaft, für Cornelia Verantwortung zu übernehmen und eine ernsthafte Beziehung mit ihr einzugehen. Zugleich ist ihm bewusst, dass er der traditionellen Rolle des Mannes als Ernährer nicht gerecht werden kann und sich somit genau in der Situation befindet, die er zuvor als aussichtslos beschrieben hat.

■ Fabian im Dilemma

Cornelia hingegen nutzt ihre Chance, zur Filmikone

aufzusteigen – sie verlässt Fabian und hinterlässt ihm einen Brief, in dem sie erklärt, sie müsse sich auf ein Verhältnis mit dem Produzenten Makart einlassen, um als Schauspielerin Karriere machen zu können. Cornelia zögert scheinbar nicht, die Liebe zu Fabian der Karriere zu opfern und sich für Geld und Ruhm zu prostituieren. Sie kehrt somit zu ihrer anfangs formulierten Sichtweise über den Warencharakter der Liebe zurück und beschreibt auch ihr Verhältnis zu Makart äußerst sachlich und distanziert: »Mir ist, als hätte ich mich an die Anatomie verkauft« (S. 182).

■ Liebe wird der Karriere geopfert

Cornelia hält allerdings daran fest, ein notwendiges Opfer zu bringen und folgt damit einer paradoxen Logik: »Man kommt nur aus dem Dreck heraus, wenn man sich dreckig macht. Und wir wollen doch heraus! Ich schreibe: wir. Verstehst du mich? Ich gehe jetzt von Dir fort, um mit Dir zusammenzubleiben« (S. 182). Fabian trifft Cornelias Entscheidung hart, die ihrer Karriere den Vorzug gibt, ohne auf ihn und ihre Beziehung Rücksicht zu nehmen. Es hilft auch nicht, dass sie behauptet, dies für sie beide getan zu haben: »Fabian saß ganz still. Es wurde immer finsterer. Das Herz tat weh« (S. 182). Fabian fühlt sich verantwortlich für die Trennung und hat Schuldgefühle. Dass es dabei um die Möglichkeit der finanziellen Versorgung geht, wird bereits am Morgen von Cornelias Bewerbungsgespräch deutlich, als er sich nicht traut, sie zurückzuhalten (vgl. S. 174). Und nachdem er den Brief gelesen hat, sagt er zu sich selbst: »Ich wollte mich doch ändern, Cornelia!« (S. 182)

■ Cornelias paradoxe Logik

Dadurch offenbart sich ein zentraler Unterschied zwischen ihnen: »Während Cornelia in der Rolle des Filmstars als Inkarnation der modernen Frau erscheint, fällt Fabian in die Rolle des enttäuschten sentimentalen Liebhabers zurück.«[23] Besinnungslos vor Schmerz fährt Fabian durch die Stadt, ziellos und mit quälenden Gedanken: »Sie wusste nicht, dass er sich danach sehnte, Dienst zu tun und Verantwortung zu tragen. Wo aber waren die Menschen, denen er so gern gedient hätte? Wo war Cornelia? Unter einem dicken alten Mann lag sie und ließ sich zur Hure machen, damit der liebe Fabian Lust und Zeit zum Nichtstun hatte« (S. 184).

■ Moderne Frau und enttäuschter Liebhaber

Durch die kurze Affäre mit der Kunstreiterin versucht Fabian sein männliches Selbstwertgefühl wiederherzustellen, um Cornelia überhaupt erneut begegnen zu können. Nach anfänglichem Zögern begibt er sich am nächsten Tag in das Café, das sie in ihrem Brief als Treffpunkt vorgeschlagen hat. Fabian kann Cornelia zunächst nicht ansehen, sie weint – beide sind emotional berührt und angespannt. Cornelia erhofft sich Vergebung und möchte an der Liebe zu Fabian festhalten, Fabian hingegen sondiert sachlich und nüchtern Cornelias gegenwärtige und zukünftige Lage und wirft ihr vor, falsch gehandelt zu haben.

■ Affäre und Gespräch im Café

Dennoch erlaubt er ihr, am nächsten Tag zu ihm zu kommen und zugleich verdeutlicht seine Reaktion auf ihren Abschiedskuss, dass ihre Liebe keine Zu-

■ Scheinbare Versöhnung des Paares

23 Rauch (s. Anm. 7), S. 43.

kunft mehr hat: »Fabian wischte mit der Hand über den Mund und ekelte sich. Was hatten Cornelias Lippen inzwischen berührt? Half es ihm, dass sie sich die Zähne geputzt hatte? War seinem Abscheu mit Hygiene beizukommen? […] Moral war die beste Körperpflege« (S. 202). Cornelia hat ihre moralische Integrität verloren, das Liebesglück ist zerstört. Fabian erinnert sich daran, wo er in der vergangenen Nacht gewesen ist. Doch für ihn besteht ein Unterschied: Er hat nur die Rechnung beglichen, die sie eröffnet hat.

Die Möglichkeit einer dauerhaften, auf Liebe gegründeten und tradierte Werte wie Treue realisierenden Beziehung wird im *Fabian* probeweise durchgespielt. Letztendlich wird sie jedoch durch das veränderte Bewusstsein der Frau verworfen. Dadurch lösen sich die traditionellen Geschlechterverhältnisse auf und verkehren sich geradezu. Denn indem Cornelia ihre Eigenständigkeit und ihre berufliche Karriere dem Beziehungsglück vorzieht, legt sie ein – in tradierten Rollenbildern gedacht – eher ›männliches‹ Verhalten an den Tag und zerstört so die Bindung zu Fabian, der den traditionellen Rollenbildern verhaftet ist.[24]

■ Verkehrung der Geschlechterverhältnisse

Und so sind es in erster Linie die Frauenfiguren des Romans, die die neusachlichen Prinzipien verkörpern und als das »kalte Medium der Moderne«[25] erscheinen: Sie sagen der Sentimentalität ab und gehen eher zweckorientierte Beziehungen ein, um persönliche

■ Frauenfiguren: sachlich und zweckorientiert

24 Vgl. Pankau (s. Anm. 20), S. 81.
25 Jürgs (s. Anm. 3), S. 204.

Ziele zu verfolgen und aufzusteigen. Dadurch nähert sich die Figur Cornelia Battenberg im Laufe der Romanhandlung der Figur Irene Moll an: »In beiden begegnet Fabian einem selbstbewussten Frauentyp, der sich in der modernen, kalten Welt behauptet.«[26]

Die Darstellung der modernen Frau ist im *Fabian* insgesamt eher negativ geprägt – sie erscheint unmoralisch, sexlüstern, berechnend. Dies deutet auf den Blick eines konservativen Mannes hin, der die Zumutungen der Modernität und somit auch das veränderte Rollenbild der Frau nicht aushält. Und daher ist es auch nicht verwunderlich, dass sich der passive, in tradierten Rollenbildern und kleinbürgerlichen Moralvorstellungen gefangene Fabian von emanzipierten und sexuell aggressiven Frauen wie Irene Moll zurückzieht und auf Cornelias sachliches Verhalten handlungsunfähig und in Schmerz befangen reagiert.

■ Negatives Frauenbild

Die apokalyptische Traumvision

Die Traumsequenz, die sich an zentraler Stelle des Romans im 14. Kapitel findet, bündelt alle im *Fabian* verhandelten Themen und Motive: In der letzten Nacht an Cornelias Seite erlebt Fabian einen Albtraum, der seine Ängste verdeutlicht und sich am Ende zu einer apokalyptischen Kriegsvision steigert. Der Traum ist in drei Phasen gegliedert und hat die

■ Bündelung der Themen und Motive

26 Rauch (s. Anm. 7), S. 43.

Selbstentfremdung und den Identitätsverlust des Menschen zum zentralen Thema.

Zu Beginn des Traums irrt Fabian durstig, hungrig und müde durch eine irreal wirkende und menschenleere Großstadtszenerie mit endlosen Straßen und unabsehbar hohen Häusern. Er trifft auf Professor Kollrepp, der ihn begrüßt und durch eine Irrenanstalt führt. In der Portierloge sehen sie Direktor Breitkopf, der sich stöhnend den Bauch hält: »Ich kriege ein Kind. Die Sekretärin hat sich wieder mal nicht vorgesehen« (S. 165). Fabians Angst vor der Veränderung von Geschlechterrollen und vor der Neuen Frau, deren Verhalten eher männlich anmutet, wird durch den schwangeren Direktor Breitkopf deutlich, dessen Kopf durch Kollrepp zum Platzen gebracht wird.

■ Großstadt und ›Neue Frau‹

Im Freien angekommen, macht Kollrepp Fabian mit seiner neuesten Erfindung bekannt, einer riesigen Maschine, die einem Brennofen gleicht: »Halbnackte Arbeiter standen davor, mit Schaufeln bewaffnet, und schippten Hunderttausende von kleinen Kindern in einen riesigen Kessel, in dem ein rotes Feuer brannte« (S. 165). Die Kinder werden von der Maschine nicht vernichtet, sondern dupliziert und am anderen Ende im Hof als Erwachsene auf einen horizontalen Spiegel gekippt, so dass sich jeweils zwei Exemplare eines Menschen gegenüberstehen: »Männer und Frauen fielen auf das glitzernde Glas, stellten sich gerade und starrten wie gebannt auf ihr handgreifliches und doch unerreichbares Abbild« (S. 166). Die Menschen sind irritiert, ihrem Doppelgänger gegen-

■ Verdopplung der Menschen

überzustehen – einer von ihnen versucht sogar, sein Abbild zu erschießen.

Mit der neusten Kollrepp'schen Erfindung wird die Kritik an der Rationalisierung wiederholt und zugespitzt – Hunderttausend seien es pro Tag, obwohl der Erfinder »die Arbeitszeit verkürzt« (S. 166) hat. Kurz darauf wird er von seiner eigenen Maschine verschluckt und als Säugling erneut in den Kessel geschleudert. Fabian wartet darauf, dass Kollrepp wieder aus der Maschine ausgespuckt wird, doch statt des Erfinders fällt sein eigener Doppelgänger auf den Spiegel, an den Sohlen mit dem Kopf nach unten ein dritter Fabian, beide in der Kleidung des Professors.

Kritik an Rationalisierung

> »Dieser zeigte mit dem Daumen hinter sich auf die Maschine und sagte: ›Mechanische Seelenwanderung, Patent Kollrepp.‹ Dann schritt er auf den wirklichen Fabian zu, der im Hof stand, ging mitten in ihn hinein und war nicht mehr da.
> ›Wie angegossen‹, gestand Fabian, nahm dem Maschinenmenschen, der ihn unsichtbar ausfüllte, den Schirm ab, zog die Pelerine zurecht und war wieder das einzige Exemplar seiner selbst.« (S. 167)

Fabians Ich-Spaltung wird durch die Vereinigung mit den Doppelgängern rückgängig gemacht, dies gelingt den anderen jedoch nicht. Er beobachtet, dass die Menschen unter die Spiegeloberfläche sinken: »Nun standen die wirklichen Menschen unten, und es war, als seien sie in Bernstein gefangen. […] Das war kein Spiegelbild mehr, was er sah. Über den untergegangenen Wesen lag bloß eine Glasplatte, und die Leute lebten weiter« (S. 167). Die Menschen erstarren wie in Bernstein gefangen, was auf eine Entfremdungserfahrung schließen lässt. Die Glasplatte zeigt zudem die Trennung vom und die Distanz zum wahren Leben auf. So dient auch an anderer Stelle das Glas dazu, Fabians innere Erstarrung und Distanz zum Leben auszudrücken (»Glasglocke«, S. 67). Durch die maschinelle Ich-Spaltung sind den Figuren wichtige Anteile ihrer menschlichen Identität abhandengekommen. Es sind die moralischen Werte, die ihnen fehlen. Das wird deutlich, als Fabian niederkniet und die Menschen unter der Glasoberfläche beobachtet.

Selbstentfremdung und Identitätsverlust

Die Welt unter dem Glas bildet die zweite Phase des Traums, in der Fabian das groteske Szenario eines Kabarettauftritts beobachtet, dessen Beschreibung an Gemälde von Otto Dix oder George Grosz erinnert. Mit Schmuck behängte dicke, alte Frauen und Männer, die als »geil«, »gierig« und »verhurt« (S. 168) bezeichnet werden, bilden das Publikum. Sie reißen die jungen Mädchen und Burschen, die in Trikots über den Laufsteg stolzieren, von der Bühne, betatschen sie und bieten sich ihnen flehend und mit Schmuck wedelnd an. Sittenverfall und Prostitution herrschen vor, zugleich werden die Menschen zu Sexobjekten degradiert und entindividualisiert – das hemmungslose Treiben erinnert an eine Orgie, denn die Menschen fügen sich in Fabians Wahrnehmung letztend-

Sexueller Sittenverfall

lich zu einem »lebendige[n] Perserteppich« (S. 169) zusammen.

Neben Fabian erscheint Irene Moll, die kleine junge Männer aus einer Bonbontüte verspeist und ihn auf Cornelia aufmerksam macht, die sich alleine auf dem Laufsteg gegen einen brutalen Mann wehrt, bei dem es sich um Makart handelt. Diese Szene des Traums deutet somit bereits auf das Scheitern ihrer Liebe hin, da Fabian Cornelia kurz darauf wirklich an den Filmproduzenten verliert. Irene Moll wirft Fabian seine Passivität und Handlungsunfähigkeit vor: »›Spring ihr doch nach‹, sagte die Moll. ›Aber du hast Angst, das Glas zwischen dir und den anderen könnte zerbrechen. Du hältst die Welt für eine Schaufensterauslage‹« (S. 169). Mit Hilfe der Glasmetaphorik bringt sie Fabians abwartendes Verharren in der Beobachterposition und sein distanziertes Verhältnis zur Welt treffend auf den Punkt. Kurz darauf greift sie Fabian an und will auch ihn fressen – in Fabians Traum wird Irene Moll zu einem männerverschlingenden Monster.

■ Glasmetaphorik: Fabians Distanz zur Welt

Fabian flüchtet vor Irene Moll und gerät so in die dritte Phase seines Traums, die ihn in einen Saal ohne Wände und mit unzähligen Treppenstufen führt. Menschen stehen auf jeder Treppenstufe und bestehlen einander, indem alle ihrem Vordermann heimlich in die Taschen greifen. Labude erscheint auf der obersten Stufe, hebt die Hände und ruft: »Freunde! Mitbürger! Die Anständigkeit muss siegen!« (S. 171) Die Menschen stimmen ihm zu, bestehlen sich jedoch gegenseitig weiter.

■ Jeder bestiehlt jeden

Andeutung von Labudes Schicksal

Dann taucht Cornelia auf, diesmal in Begleitung eines großen, hübschen Mannes, und nennt Labude einen »Narr« (S. 171). Sie wirkt im Vergleich zur vorigen Szene ins Negative verändert; Labudes Antwort und sein späteres Verschwinden deuten bereits seinen baldigen ›Untergang‹ an, seine idealistische Einstellung behält er jedoch bei: »›Meine besten Freunde sind meine größten Feinde‹, sagte Labude traurig. ›Mir ist es gleich, die Vernunft wird siegen, auch wenn ich untergehe‹« (S. 171). Im Anschluss fallen Schüsse und Fabian sieht »finstere Gestalten mit Revolvern und Maschinengewehren« (S. 171), kurz darauf auch Flugzeuge, aus denen Brandfackeln geworfen werden. Verwundete hängen aus den Fenstern und Leichen säumen den Weg – der Traum endet mit der apokalyptischen Untergangsstimmung des Krieges.

Die politische Dimension des *Fabian*

Kästner wurde vielfach vorgeworfen, dass sein Roman unpolitisch sei. Das ist in gewisser Weise auch richtig: Fabian ist kein politischer Aktivist, sondern ein Moralist, so steht es bereits im Untertitel. Doch nur, weil Politik nicht das zentrale Thema bildet, heißt das nicht, dass der Roman die damalige politische Situation kurz vor der Machtergreifung durch die Nationalsozialisten ausspart, im Gegenteil. Es gibt mehrere Textstellen, in denen politische Meinungen diskutiert werden oder die politische Dimension des Textes durch die Kritik an gesellschaftlichen Missständen sowie der Rede vom »Untergang Europas« (S. 50) deutlich zutage tritt. Fabian selbst hat zwar im Gegensatz zu seinem Freund Labude keine konkreten politischen Ziele, lässt aber durchaus grundlegende politische Überzeugungen durchblicken.

Das Thema Politik kommt erstmals explizit bei Fabians Besuch der Zeitungsredaktion zur Sprache. Der politische Redakteur Münzer redigiert die Rede des Reichskanzlers, die er als »Quasselei« (S. 29) bezeichnet und sucht anschließend nach einem Titel. Er wendet sich an Fabian:

> »›Und wie überschreibt man den Scherzartikel?‹
> ›Ich möchte lieber wissen, was sie drunterschreiben‹, sagte Fabian ärgerlich.
> Der andere [...] antwortete: ›[...] Wir haben Anweisung, der Regierung nicht in den Rücken zu fallen. Wenn wir dagegenschreiben, schaden wir uns, wenn wir schweigen, nützen wir der Regierung.‹
> ›Ich mache Ihnen einen Vorschlag‹, sagte Fabian. ›Schreiben Sie dafür!‹
> ›O nein‹, rief Münzer. ›Wir sind anständige Leute. [...]‹.« (S. 33)

Durch Fabians Parteinahme wird deutlich, dass er kein Gegner der Weimarer Republik vor der Machtergreifung durch die Nationalsozialisten ist und mit dem Reichskanzler zumindest sympathisiert. Er ist zwar mit der Entwicklung der Gesellschaft im Ganzen nicht zufrieden, sieht die Schuld allerdings nicht

Fabian kein Republikgegner

allein bei der Politik der Weimarer Regierung. Bezeichnend ist, dass gerade Münzer, der eben noch Meldungen erfunden und die öffentliche Meinungslosigkeit als Ziel des Journalismus bezeichnet hat, nun entgegnet, er könne nicht für den Reichskanzler schreiben, da sie »anständige Leute« (S. 33) seien.

Fragwürdigkeit Münzers

Obwohl Münzer das ernst meint, klingt es für den Leser, der nun von seinen unlauteren journalistischen Methoden weiß, wie ein schlechter Scherz – seine Worte werden durch diese ironische Spitze Kästners ad absurdum geführt. Denn indem die Figur Münzer durch den Roman bereits negativ charakterisiert wurde, muss dessen politische Einstellung nun ebenfalls fragwürdig erscheinen. In der Weinstube wird Münzer dann endgültig der Lächerlichkeit preisgegeben: Er ist völlig betrunken, fängt plötzlich an zu weinen und wiederholt unablässig: »Ich bin ein Schwein« (S. 37).

Redakteure sehen Schuld bei der Regierung

Im Gegensatz zu Fabian schieben die Redakteure dem bestehenden System die Verantwortung für die Depression zu. Das wird durch Malmys Kritik an der Wirtschaftspolitik des Landes deutlich. Der zynische Handelsredakteur, der nach eigener Aussage »dem falschen System mit Hingabe [dient]« (S. 34), obwohl oder gerade weil er es durchschaut, klärt Fabian über seine Sicht der Dinge auf und greift dabei auf Argumente der Reichskritiker zurück, die letztlich zum Erstarken der Nationalsozialisten beigetragen haben:

»Fabian ließ sich inzwischen, nicht ganz freiwillig, von Malmy über kurzfristige Anleihen aufklären. ›Erstens werden Reich und Wirtschaft in wachsendem Maße überfremdet‹, behauptete der Redakteur. ›Zweitens genügt ein Riss, und die ganze Bude fällt ein. Wenn das Geld mal in großen Posten abgerufen wird, sacken wir alle ab, die Banken, die Städte, die Konzerne, das Reich.‹
[...] ›Der Staat unterstützt den unrentablen Großbesitz. Der Staat unterstützt die Schwerindustrie. Sie liefert ihre Produkte zu Verlustpreisen ins Ausland, aber sie verkauft sie innerhalb unserer Grenzen über dem Niveau des Weltmarktes‹« (S. 37 f.).

Pazifistische Haltung

Fabians pazifistische und humanistische Haltung wird in der Episode deutlich, in der er gemeinsam mit Labude eine Schießerei zwischen einem Kommunisten und einem Nationalsozialisten miterlebt. Seine kritische Haltung zum Krieg beruht auf den traumatischen Erfahrungen, die er als Soldat im Ersten Weltkrieg gemacht hat. Auf die bürgerkriegsähnliche Situation reagiert er unvermittelt mit körperlichen Symptomen: »Das Herz schlug wie verrückt. Es hämmerte unterm Jackett. Es schlug im Hals. Es pochte unterm Schädel. [...] Dieser verdammte Krieg! Dieser verdammte Krieg!« (S. 70) Für Fabian ist Krieg mit Verstümmelungen der schlimmsten Art verbunden: »In der Provinz zerstreut sollte es einsame Gebäude geben, wo noch immer verstümmelte Soldaten lagen. Männer ohne Gliedmaßen, Männer mit furchtbaren Gesichtern, ohne Nasen, ohne Münder« (S. 70).

Kurz zuvor berichtet er Labude von seiner Befürchtung, dass Deutschland und Europa erneut auf einen Krieg zusteuern, indem er eine Parallele zu der Zeit vor seinem Einzug als Soldat zieht, die ihn handlungsunfähig gemacht habe:

■ »Wartesaal Europa«

> »Die nächste Zukunft hatte den Entschluss gefasst, mich zu Blutwurst zu verarbeiten. Was sollte ich bis dahin tun? Bücher lesen? An meinem Charakter feilen? Geld verdienen? Ich saß in einem großen Wartesaal, und der hieß Europa. […] Und jetzt sitzen wir wieder im Wartesaal, und wieder heißt er Europa! Und wieder wissen wir nicht, was geschehen wird. Wir leben provisorisch, die Krise nimmt kein Ende!« (S. 68)

Das Leben in dieser provisorischen, krisengeschüttelten Zeit vergleicht er mit einer Glasglocke: »Saßen wir nicht wie unter einer Glasglocke, aus der man langsam, aber unaufhörlich die Luft herauspumpt? Wir begannen zu zappeln, doch wir zappelten nicht aus Übermut, sondern weil uns die Luft wegblieb« (S. 67).

Hier wird zudem der zentrale Unterschied zwischen den beiden Freunden deutlich: Während Labude davon überzeugt ist, durch vernünftiges Handeln etwas für die Stabilisierung der Lage tun zu müssen, und sich daher für die Bildung einer radikalbürgerlichen studentischen Initiativgruppe engagiert, deren Aufgabe er darin sieht, »den Kontinent zu reformieren« (S. 89), bleibt Fabian passiv, weil er nicht an eine positive Entwicklung glaubt: »›Die Vernünftigen werden nicht an die Macht kommen‹, sagte Fabian, ›und die Gerechten noch weniger‹« (S. 68).

Engagement vs. Passivität

Für Fabian und Labude ist es selbstverständlich, den beiden Kontrahenten ungeachtet ihrer politischen Einstellung zu helfen, indem sie sie ins Krankenhaus bringen. Fabian unterbricht ihren wieder aufkeimenden politischen Streit, wobei seine kritische Sicht der Dinge ansatzweise deutlich wird:

Humanistische Einstellung

> »Dass es mit Deutschland so nicht weitergehen kann, darüber sind wir uns wohl alle einig. Und dass man jetzt versucht, mit Hilfe der kalten Diktatur unhaltbare Zustände zu verewigen, ist eine Sünde, die bald genug ihre Strafe finden wird. Trotzdem hat es keinen Sinn, wenn Sie einander Reservelöcher in die entlegensten Körperteile schießen«. (S. 73)

Dass er dem Kommunisten politisch nähersteht als dem Nationalsozialisten, daraus macht Fabian keinen Hehl. Dennoch verortet er sich als »Kleinbürger« (S. 73), der eher links von der Mitte, aber dennoch zwischen den politischen Extremen angesiedelt ist, da er auch der linksextremen Position gegenüber kritisch bleibt:

Steht dem Kommunisten näher

»Es [das Proletariat] ist der größte Interessenverband. Dass ihr euer Recht wollt, ist eure Pflicht. Und ich bin euer Freund, denn wir haben denselben Feind, weil ich die Gerechtigkeit liebe. [...] Aber, mein Herr, auch wenn Sie an die Macht kommen, werden die Ideale der Menschheit im Verborgenen sitzen und weiterweinen. Man ist noch nicht gut und klug, bloß weil man arm ist.« (S. 73)

■ Ablehnung des Nationalsozialismus

Dem Nationalsozialisten, der anschließend mit »Unsere Führer ...« (S. 73) ansetzt, wird von Labude direkt das Wort abgeschnitten: »Davon wollen wir lieber nicht reden« (S. 74). Dass Fabian die Position der Nationalsozialisten ebenfalls ablehnt, wird unter anderem durch das Gespräch mit seinem ehemaligen Mitschüler Wenzkat in Dresden deutlich, der rechtsextreme Ansichten vertritt. Die beiden geraten darüber in einen kurzen Streit, bevor sie »vorsichtshalber das Thema« (S. 255) wechseln. Fabians Reflexion über eine mögliche Anstellung bei der rechtsstehenden »Tagespost« und seine Entscheidung dagegen (»Es war hirnverbrannt, was er plante«, S. 266) belegen ebenfalls seine Ablehnung der rechtsextremen Haltung.

Auch wenn Fabian ebenso wie Kästner nicht konkret parteipolitisch Position bezieht, belegen die angeführten Textstellen, dass der Roman keineswegs unpolitisch ist. Zudem muss in Betracht gezogen werden, dass der Roman nicht in seiner ursprünglichen Fassung veröffentlicht wurde. Die Deutsche Verlags-Anstalt hat das Werk entschärft, indem Text-

■ Politisch entschärfte Fassung

stellen gestrichen und ein gemäßigter Titel gewählt wurde. Sven Hanuschek, der die Urfassung des Werkes rekonstruiert hat, stellt in seinem Nachwort die Vermutung auf, dass Kästner es während des Dritten Reichs viel schwerer gehabt hätte, wenn sein Roman ungekürzt und unter dem von Kästner ursprünglich geplanten Titel »Der Gang vor die Hunde« erschienen wäre.[27]

Moralismus in Zeiten der Unmoral

Kästner hat in seinem »Nachwort für die Sittenrichter« ausdrücklich betont, dass es sich bei *Fabian* um ein moralisches Buch handle, auch wenn die Darstellung unmoralischer Verhaltensweisen beträchtlichen Raum einnehme, und sich gegen den möglichen Vorwurf der obszönen Darstellung gewehrt. Das Ziel des Romans ist darin zu sehen, mit der Schilderung der Zustände in Berlin zu Beginn der 1930er Jahre eine Warnung an die Mitmenschen auszusprechen und an deren Vernunft zu appellieren, da die Vernunft nach Kästner, in der Tradition der Aufklärung, das Mittel zur Rettung vor dem Abgrund darstellt, auf den Deutschland und Europa seinerzeit zusteuerten. *Fabian* ist demnach ein Roman über die Möglichkeit eines moralischen Daseins in der Spätphase der Weimarer Republik. Fabian, der in Zeiten der Unmoral an

27 Sven Hanuschek, »Der Gang vor die Hunde – die Urfassung des Fabian«, in: Erich Kästner, *Der Gang vor die Hunde*, Zürich 2013, S. 275–310, hier: S. 309.

seinen moralischen Grundsätzen festzuhalten versucht und letztlich doch Teil des maroden Systems bleibt, das ihn umgibt, scheitert letztlich.

Der Moralist als kritischer Beobachter

Fabian wird im Untertitel des Romans als »Moralist« bezeichnet. Per Definition ist das nicht zwingend jemand, der ein moralisch einwandfreies Leben führt. Der Begriff impliziert jedoch zumindest eine Haltung, die die Moral als verbindliche Grundlage des zwischenmenschlichen Verhaltens anerkennt. Als Moralisten gelten insbesondere diejenigen, die das Verhalten ihrer Mitmenschen hinsichtlich ihres sittlichen Gehalts beobachten, beschreiben und kritisieren. Fabian versteht sich als kritischer Beobachter, eine moralische Verbesserung seiner Mitmenschen sieht er jedoch als unmöglich an. Er möchte vielmehr herausfinden, ob sie überhaupt zu vernünftigem und anständigem Handeln fähig sind: »Ich weiß ein Ziel, aber es ist leider keines. Ich möchte helfen, die Menschen anständig und vernünftig zu machen. Vorläufig bin ich damit beschäftigt, sie auf ihre diesbezügliche Eignung hin anzuschauen« (S. 59).

Gesellschaft der Unmoral

Bei seinen Beobachtungen muss Fabian feststellen, dass die Unmoral überall um sich greift – Liebe existiert nur noch als käufliche Ware, tradierte Werte und Strukturen lösen sich auf, Gesetzlosigkeit, Egoismus und Vergnügungssucht prägen die Gesellschaft. Fabian ist davon überzeugt, in diesem System nicht funktionieren zu können (vgl. S. 57) und wartet bis zu seinem Ende in Dresden darauf, dass eine Zeit anbricht, in der er sich aus seiner Passivität befreien und etwas

Sinnvolles beitragen kann: »Er konnte noch nicht helfen und zupacken, denn wo sollte er zupacken, und mit wem sollte er sich verbünden? Er wollte in die Stille zu Besuch und der Zeit vom Gebirge her zuhören, bis er den Startschuss vernahm, der ihm galt und denen, die ihm glichen« (S. 267).

Fabian verharrt in der Position des unbeteiligten Beobachters und wartet ab, obwohl ihm der Glaube an eine positive Veränderung der Zustände fehlt:

Verharren in Warteposition

> »Wer ein Optimist ist, soll verzweifeln. Ich bin ein Melancholiker, mir kann nicht viel passieren. Zum Selbstmord neige ich nicht, denn ich verspüre nichts von jenem Tatendrang, der andere nötigt, so lange mit dem Kopf gegen die Wand zu rennen, bis der Kopf nachgibt. Ich sehe zu und warte. Ich warte auf den Sieg der Anständigkeit, dann könnte ich mich zur Verfügung stellen. Aber ich warte darauf wie ein Ungläubiger auf Wunder.« (S. 112)

Im Gegensatz zu seinem idealistischen Freund Labude, der als Optimist gekennzeichnet wird und aktives politisches Engagement zeigt, bleibt Fabian ein passiver Pessimist. Den politischen Bemühungen seines Freundes steht er äußerst skeptisch gegenüber, da er einerseits davon überzeugt ist, dass weder die »Vernünftigen« noch die »Gerechten« (S. 68) an die Macht kommen werden; und andererseits glaubt, dass eine Verbesserung des Systems nicht zu einer Besserung des Menschen führen wird:

Fabians Pessimismus

»Du willst Macht haben. Du willst, träumst du, das Kleinbürgertum sammeln und führen. Du willst das Kapital kontrollieren und das Proletariat einbürgern. Und dann willst du helfen, einen Kulturstaat aufzubauen, der dem Paradies verteufelt ähnlich sieht. Und ich sage dir: Noch in deinem Paradies werden sie sich die Fresse vollhauen! Davon abgesehen, dass es nie zustande kommen wird …« (S. 58 f.)

Negatives Menschenbild und zyklische Weltauffassung

Außerdem hält Fabian »die Erziehbarkeit des Menschengeschlechts« für eine »fragwürdige These« und glaubt, »Vernunft könne man nur einer beschränkten Zahl von Menschen beibringen, und die sei schon vernünftig« (S. 176 f.). Neben seinem negativen Menschenbild und seiner pessimistisch-melancholischen Grundhaltung vertritt er auch ein zyklisches Weltbild, wie am Ende der Episode mit den Redakteuren deutlich wird. In angetrunkenem Zustand erinnert er sich an die Graphik *Der Fortschritt* des französischen Malers und Karikaturisten Honoré Daumier (1808–1879): »Daumier hatte auf dem Blatt Schnecken dargestellt, die hintereinander herkrochen, das war das Tempo der menschlichen Entwicklung. Aber die Schnecken krochen im Kreise! Und das war das Schlimmste.« (S. 43), Fabian projiziert somit eine fortschrittskritische, zyklische Weltauffassung in das Bild, was den Eindruck seiner geradezu aussichtslos pessimistischen Haltung noch verstärkt.

Seine Moralvorstellungen, die insgesamt recht vage

Abb. 5: Honoré Daumier: *Der Fortschritt* (1869)

bleiben, bestimmen nicht konsequent Fabians Verhalten, auch wenn er bestimmte Grundsätze, wie seine Hilfsbereitschaft im Sinne einer praktischen Moral sowie sein kritisches Verhältnis zu Reichtum und Macht, bis zum Ende einhält. Fabians moralisches Schwanken zeigt sich an unterschiedlichen Stellen, so beispielsweise bei der Affäre mit der Kunstreiterin, der an die Mutter gerichteten Lüge hinsichtlich seiner Arbeitslosigkeit oder den erotischen Verlockungen des Berliner Nachtlebens, denen er nicht immer wi-

Fabians moralische Ambivalenz

derstehen kann. Hierdurch wird die Unmöglichkeit eines moralisch einwandfreien Lebens in Zeiten der Unmoral vorgeführt, denn es sind vor allem die Umstände einer ›unmoralisch‹ gewordenen Welt, die Fabian zu diesen Handlungen verleiten. Dies erklärt auch, weshalb Fabian trotz seines teils moralisch nicht einwandfreien Verhaltens der Überzeugung ist, seine moralische Integrität beibehalten zu haben.

Fabians praktische Moral

Seine Moralvorstellungen lebt Fabian im Sinne einer praktischen Moral im Kleinen aus. Er hilft mehrfach Menschen, die sich in Not befinden und zeigt sich auch tolerant hinsichtlich seiner Einstellung zu Randgruppen: So lässt er beispielsweise den obdachlosen Erfinder bei sich übernachten, hilft einem kleinen Mädchen, das beim Stehlen eines Aschenbechers für ihren Vater erwischt wird, und fährt die beiden verwundeten Kontrahenten ungeachtet ihrer politischen Einstellung nach der Schießerei ins Krankenhaus. Das große Ganze betreffend bleibt Fabian jedoch trotz seiner Ideale handlungsohnmächtig. Nach seinem dreifachen Verlust – erst verliert er seinen Job, dann Cornelia und am Ende seinen einzigen Freund – kommen Fabian zusätzliche Zweifel an seiner bisherigen Einstellung:

Zweifel an bisheriger Einstellung

> »Waren jene humanen, anständigen Normalmenschen, die er herbeiwünschte, in der Tat wünschenswert? […] Hatte seine Utopie bloß regulative Bedeutung, und war sie als Realität ebenso wenig zu wünschen wie zu schaffen? War es nicht, als

> spräche er zur Menschheit, ganz wie zu einer Geliebten: ›Ich möchte dir die Sterne vom Himmel holen!‹ Dieses Versprechen war lobenswert, aber wehe, wenn der Liebhaber es wahrmachte. Was finge die bedauernswerte Geliebte mit den Sternen an, wenn er sie angeschleppt brächte!« (S. 238)

Fabian wird sich der Bedeutungslosigkeit seiner eigenen Existenz bewusst und zweifelt sogar den Sinn seines Fortbestehens an: »Labude hatte auf dem Boden der Tatsachen gestanden, hatte marschieren wollen und war gestolpert. Er, Fabian, schwebte, weil er nicht schwer genug war, im Raum und lebte weiter. Warum lebte er denn noch, wenn er nicht wusste, wozu?« (S. 238)

Seine sich anschließende Rückkehr in die Heimatstadt ist vielfach als Regression gedeutet worden. Gegen Ende des Romans wird jedoch auch kurzzeitig ein gewisser Tatendrang deutlich – Fabian wünscht sich Veränderung: »Ich will endlich ein Ziel vor Augen haben. Und wenn ich keines finde, erfinde ich eines« (S. 253). Doch selbst dieses Ziel verwirft er nach kurzer Zeit und beschließt, sich ins Erzgebirge zurückzuziehen, um auf den »Startschuss« zu warten, »der ihm galt und denen, die ihm glichen« (S. 267). Damit bleibt er bis zu seinem Ende in der Warteposition des melancholischen Beobachters gefangen, der eklatante Widerspruch zwischen seinem Ideal von der moralischen Besserung des Menschen und der ihn umgebenden Realität verdammt ihn zur Handlungsunfähigkeit.

Fabians Handlungsunfähigkeit

Fabian erscheint als ambivalente, teils fragwürdige Figur, da er seinen eigenen Ansprüchen nicht gerecht wird: »Fabian ist ein Rationalist, der nicht an die Kraft der Vernunft glaubt, und ein Moralist, dem die moralischen Maßstäbe verloren gegangen sind.«[28] Er ist, wie die anderen Figuren des Romans, Teil des maroden Systems, das ihn umgibt. Dass sich Kästner von Fabian als Vorbildfigur distanziert, macht das Ende des Romans deutlich. »Lernt schwimmen!« heißt die letzte, an einen kollektiven Adressatenkreis gerichtete Teilüberschrift, die sich zunächst auf Fabians unreflektierten Hilfseinsatz bezieht. Fabian ertrinkt bei dem Versuch, als Nichtschwimmer ein Kind aus dem Fluss zu retten. Die Sinnlosigkeit dieses Unterfangens führt vor Augen, dass Fabians Weg nicht der richtige ist. In diesem Sinne ist das Ende des Romans auch als Metapher zu verstehen: Fabians Scheitern steht hier für das Scheitern moralischen Handelns in Zeiten der Unmoral. Worin der richtige Weg besteht, das lässt Kästner offen – in erster Linie will er seine Mitmenschen vor der nahenden Katastrophe warnen und zur Reflexion über Moral und Gesellschaft anregen.

»Lernt schwimmen!«

28 Pankau (s. Anm. 20), S. 84.

7. Autor und Zeit

Dresden

Erich Kästner kommt am 23. Februar 1899 als Sohn des Sattlermeisters Emil Richard Kästner und Ida Kästner zur Welt, die zunächst als Dienstmädchen und Heimarbeiterin tätig ist und später den Friseurberuf ergreift. Kästner wächst als Einzelkind in kleinbürgerlichen Verhältnissen in der Äußeren Neustadt, einem Vorort von Dresden, auf. Seine äußerst intensive Beziehung zur Mutter zeigt sich auch in den späteren Jahren seiner Leipziger und Berliner Zeit im nahezu täglichen Briefkontakt.

■ Kindheit in Dresden

1913 beginnt Kästner im Alter von 14 Jahren eine Ausbildung zum Volksschullehrer, bricht diese jedoch drei Jahre später ab. Kurz darauf, im Jahr 1917, wird er in den Militärdienst eingezogen. Die Zeit bei der Armee und der Erste Weltkrieg prägen Kästner: Durch die Kriegserfahrungen wird er zum Pazifisten, zudem erkrankt er 1918 an einer Herzneurose und wird nach einem Lazarettaufenthalt im Januar 1919 aus dem Militärdienst entlassen. Kästner kehrt nach Dresden zurück, absolviert dort das König-Georg-Gymnasium und schließt mit Auszeichnung ab. Hierfür erhält er das Goldene Stipendium der Stadt Dresden.

■ Lehrerseminar und Militärdienst

Leipzig

Studium, Promotion und Journalismus

Noch im gleichen Herbst beginnt Kästner sein Studium der Germanistik, Philosophie, Geschichte, Theaterwissenschaften und Zeitungskunde an der Universität Leipzig. Er verbringt das Sommersemester des Jahres 1921 an der Universität Rostock und das sich anschließende Wintersemester an der Universität Berlin; 1922 setzt er sein Studium in Leipzig fort. Kästner arbeitet als Werkstudent am Zeitungswissenschaftlichen Institut und publiziert ab 1923 Gedichte und Feuilletons in verschiedenen Zeitungen und Zeitschriften. Im Jahr 1924 erhält er eine Anstellung als Redakteur im Feuilleton der *Neuen Leipziger Zeitung* und promoviert 1925 mit seiner Dissertation *Die Erwiderung auf Friedrichs des Großen Schrift »De la littérature allemande«* zum Doktor der Philosophie. 1927 wird Kästner gekündigt, da sein von Erich Ohser illustriertes erotisches Gedicht *Nachtgesang des Kammervirtuosen* als anstößig empfunden wird. Er bleibt jedoch weiterhin freier Mitarbeiter der *Neuen Leipziger Zeitung* und veröffentlicht Texte unter verschiedenen Pseudonymen.

Berlin

Nach seiner Entlassung zieht Kästner nach Berlin und lebt dort bis kurz vor Ende des Zweiten Weltkriegs. Seine Berliner Zeit bis zur Machtergreifung durch die Nationalsozialisten im Jahr 1933 gilt als seine produk-

Abb. 6: Erich Kästner (um 1930)

tivste literarische Schaffensphase: Kästner kommt mit zahlreichen Autoren der Neuen Sachlichkeit in Kontakt und publiziert Gedichte und Feuilletons in allen namhaften Blättern. Im Jahr 1928 erscheint mit dem Gedichtband *Herz auf Taille* Kästners erste selbständige Publikation, die Texte aus seiner Leipziger Studentenzeit enthält. Bereits im Oktober 1929 folgt

■ Erste eigenständige Publikationen

sein erster überaus erfolgreicher Kinderroman *Emil und die Detektive*, der sich allein in Deutschland über zwei Millionen Mal verkauft und mittlerweile in 59 Sprachen übersetzt ist.

Kästner wird zum Erfolgsautor

Kästner avanciert zum erfolgreichen Autor. Er gibt die beiden Gedichtbände *Lärm im Spiegel* (1929) und *Ein Mann gibt Auskunft* (1930) sowie mehrere Bilderbücher heraus. 1931 erscheinen neben Kästners erstem Kurzfilm auch die Verfilmung von *Emil und die Detektive* sowie *Fabian*, sein erster Erwachsenenroman. Im gleichen Jahr wird Kästner in den PEN-Club gewählt, einen der bekanntesten internationalen Autorenverbände. In den darauffolgenden Jahren bis zur Machtergreifung erscheint neben der Gedichtsammlung *Gesang zwischen den Stühlen* (1932) auch der Kinderroman *Der 35. Mai oder Konrad reitet in die Südsee* (1931).

NS-Machtübernahme: Innere Emigration

Die Machtübernahme durch die Nationalsozialisten am 30. Januar 1933 stellt einen radikalen Einschnitt für die geistige und kulturelle Freiheit in Deutschland dar – das rege kulturelle Schaffen der Weimarer Republik bricht mit einem Mal ab. Die meisten antifaschistischen Schriftsteller emigrieren, doch im Gegensatz zum Großteil seiner Kollegen kehrt Kästner nach einem kurzen Aufenthalt in Meran und in der Schweiz nach Berlin zurück. Seine Rückkehr und die Entscheidung für eine innere Emigration begründet Kästner mit dem Bedürfnis, als Chronist vor Ort sein zu wollen, um seine Beobachtungen der Nachwelt zugänglich machen zu können.

In schnellen Schritten nimmt die Kontrolle des geistig-kulturellen Lebens und die Gleichschaltung von Kunst, Kultur, Presse und Bildung durch die NS ihren Lauf: Die deutsche Studentenschaft (DSt) ruft im April unter Führung von Joseph Goebbels, dem Reichsminister für Volksaufklärung und Propaganda, zu einer vierwöchigen Aktion »wider den undeutschen Geist« auf. Jüdische, sozialdemokratische und liberale Ideen sowie ihre Vertreter werden angeprangert, es folgen Professorenboykott, Ausschluss von NS-Gegnern und Nichtariern aus der Preußischen Akademie der Künste sowie die Erstellung der »Schwarzen Liste I« mit sogenannter »zersetzender Literatur«.

■ Gleichschaltung von Geist und Kultur

Im Rahmen einer propagandistischen Großveranstaltung werden am 10. Mai 1933 alle auf der »Schwarzen Liste I« genannten Bücher, die zuvor geplündert und gesammelt wurden, in zahlreichen Städten durch Studenten der deutschen Hochschulen verbrannt. Erich Kästner ist gemeinsam mit seinem Freund Hans Wilhelm auf dem Opernplatz in Berlin Zeuge, als seine Bücher mit dem Ruf »Gegen Dekadenz und moralischen Verfall! Für Zucht und Sitte in Familie und Staat! Ich übergebe der Flamme die Schriften von Heinrich Mann, Ernst Glaeser und Erich Kästner!« ins Feuer geworfen werden. In seinem Buch *Über das Verbrennen von Büchern* (1958) schildert der Autor eindrücklich seine Erlebnisse bei der Bücherverbrennung und reflektiert seine Rolle als passiver Beobachter: »Ich hatte angesichts des Scheiterhaufens nicht

■ Kästner als Zeuge bei der Bücherverbrennung

aufgeschrien. Ich hatte nicht mit der Faust gedroht. Ich hatte sie nur in der Tasche geballt.«[29]

Publikationsverbot in Deutschland

Kästner wird nicht in die Reichsschrifttumskammer aufgenommen und mit einem Publikationsverbot in Deutschland belegt. Fortan veröffentlicht er seine Bücher beim Atrium Verlag, der von Kästners Freund und Verleger Kurt Leo Maschner eigens hierfür in der Schweiz gegründet wird. Kästner wird 1933 erstmals von der Gestapo verhaftet und verhört, jedoch wieder freigelassen. Im gleichen Jahr erscheint sein Kinderroman *Das fliegende Klassenzimmer.* In den Jahren bis 1942 folgen weitere Veröffentlichungen im Ausland, so unter anderem die der Romane *Drei Männer im Schnee* (1934), *Die verschwundene Miniatur* (1935) und *Georg und die Zwischenfälle* (1938) sowie des Gedichtbands *Doktor Erich Kästners Lyrische Hausapotheke* (1936). Kästner veröffentlicht während der Zeit seiner inneren Emigration trotz Publikationsverbots unter Pseudonymen in Deutschland. In den Zweiten Weltkrieg wird Kästner 1939 aus gesundheitlichen Gründen nicht eingezogen und schreibt im Jahr 1942 mit offizieller Sondergenehmigung unter dem Pseudonym Berthold Bürger das Drehbuch zum prestigeträchtigen UFA-Film *Münchhausen.*

Publikationsverbot im In- und Ausland

Im Jahr 1943 erfolgt das endgültige Publikationsverbot für Kästner im In- und Ausland. Ein Jahr später, im Februar 1944, wird seine Wohnung in Charlot-

29 Erich Kästner, *Über das Verbrennen von Büchern*, Zürich 2013, S. 24.

tenburg durch Bombenangriffe der Alliierten zerstört. Daher zieht Kästner zu seiner langjährigen Lebensgefährtin Luiselotte Enderle (1908–1991), mit der er von nun an bis zu seinem Tod zusammenlebt. Im März des gleichen Jahres werden Kästners Freunde Erich Ohser und Erich Knauf verhaftet – Ohser begeht Selbstmord und Knauf wird zum Tode verurteilt und hingerichtet. Kästner gelingt es, 1945 mit dem UFA-Filmteam zu angeblichen Dreharbeiten nach Mayrhofen in Tirol zu reisen und dort das Kriegsende abzuwarten.

München

Nach Ende des Zweiten Weltkriegs zieht Kästner nach München und leitet dort von 1945 bis 1948 das Feuilleton der *Neuen Zeitung*. Im Jahr 1946 veröffentlicht er den Gedichtband *Bei Durchsicht meiner Bücher* mit politischer Lyrik und beginnt mit der Herausgabe der Kinderzeitschrift *Pinguin*, die bis 1949 erscheint. Kästner widmet sich fortan auch verstärkt dem literarischen Kabarett. Daneben entstehen in seiner Münchener Zeit zahlreiche Chansons, Hörspiele, Reden und Aufsätze, die sich mit dem Nationalsozialismus, dem Krieg und der Realität im Nachkriegsdeutschland auseinandersetzen.

■ Feuilleton und Kabarett

Kästner schreibt aber auch weiterhin Gedichte, ist als Drehbuchautor tätig und veröffentlicht zahlreiche Kinderbücher, unter anderem das erfolgreich verfilmte Kinderbuch *Das doppelte Lottchen* (1949) und *Der kleine Mann* (1963). Kästner erhält zudem ab 1950 verschiedene Preise, so wird er unter anderem mit dem Bundesfilmpreis für das Drehbuch zum Film *Das doppelte Lottchen* (1950), dem Literaturpreis der Stadt München (1956) und dem *Georg-Büchner-Preis* (1957) ausgezeichnet; 1959 erhält er das Große Bundesverdienstkreuz. Er wird im Jahr 1951 zum Präsidenten des westdeutschen PEN-Zentrums ernannt und hat dieses Amt bis 1962 inne, danach wird er Ehrenpräsident.

■ Auszeichnungen und Ehrungen

■ Private Umbrüche in Kästners Leben

Privat ergibt sich für Kästner in München eine Zeit des Umbruchs: Er lernt 1949 die Schauspielschülerin Friedhilde Siebert (1926–1986) kennen, die im Jahr 1957 Kästners Sohn Thomas zur Welt bringt. Die beiden verbindet eine langjährige Liebesbeziehung, bis sich Friedhilde 1969 von Kästner trennt und mit dem gemeinsamen Sohn in die Schweiz zieht. Zuvor pendelt Kästner zwischen Berlin und München, da er trotz der neuen Beziehung weiterhin mit seiner Lebensgefährtin Luiselotte Enderle zusammenbleibt, mit der er 1953 ein Haus am Münchner Herzogpark bezieht. Kästners geliebte Mutter Ida stirbt 1951 in Dresden; der Tod seines Vaters folgt 1957. Kästner selbst erkrankt an Tuberkulose und hält sich in den Jahren von 1962 bis 1964 immer wieder längere Zeit im Lungensanatorium in der Schweiz auf. Mit 70 Jahren zieht sich Kästner komplett aus dem Literaturbetrieb zurück und stirbt fünf Jahre später, am 29. Juli 1974, an Speiseröhrenkrebs in München. Seine Grabstätte befindet sich auf dem St.-Georg-Friedhof in München-Bogenhausen.

8. Rezeption

Fabian als Publikumserfolg

Kästners Roman, der die späten Jahre der Weimarer Republik in ihrer Gesamtheit abbildet und wie kaum ein anderer das Lebensgefühl und die Widersprüchlichkeit einer ganzen Generation einfängt, war seinerzeit ein absoluter Publikumserfolg: Die erste broschierte Auflage war innerhalb einer Woche komplett vergriffen; sechs Monate später, im März 1932, hatten sich bereits 25 000 Exemplare verkauft und es erschienen die ersten ausländischen Ausgaben.[30]

Erste Auflage nach einer Woche ausverkauft

Nicht nur bei den Lesern fand der Roman *Fabian* großen Anklang, auch Kästners Schriftstellerkollegen und die Rezensenten der Tages- und Literaturzeitungen bewerteten den Roman als authentisches und gesellschaftskritisches Zeitdokument. Von rechtsradikalen Blättern wie beispielsweise dem *Völkischen Beobachter* abgesehen, der den *Fabian* als »Sudelgeschichte« und »gedruckte[n] Dreck«[31] bezeichnete, wurde Kästners Roman überwiegend positiv aufgenommen. Eine der ersten Kritiken, die von Monty Jacobs kurz nach Erscheinen des Romans verfasst wurde und in der *Vossischen Zeitung* erschien, betont den dokumentarischen Wert und die identifikatorische Dimension des Romans. Jacobs warnt den Leser zunächst davor, Kästners Roman trotz des Unterti-

Positive Kritik durch Rezensenten

30 Hanuschek (s. Anm. 9), S. 209.
31 Zitiert nach Hanuschek (s. Anm. 9), S. 209.

tels der Tante in Buxtehude zu Weihnachten zu schenken. Gleichzeitig betont er jedoch, dass es dem Autor in seinem Werk nicht primär um die Darstellung von Erotik gehe – *Fabian* sei vielmehr »das bittere Bekenntnis einer vom Heute angeekelten Jugend« und habe daher den Wert eines authentischen Zeitdokuments:

Roman habe den Wert eines Zeitdokuments

> »Aber für Kästner ist das Erotische nur Umweg, nicht Ziel. Er sieht ja auch sein Berlin durch das scharfe Monokel eines Spötters. Was er durch dieses Glas wahrnimmt, formuliert er findig. […] Lebensangst unter einem Gewitterhimmel, das ist die Stimmung, die aus den Seiten dieses kurzweiligen Romans herausschlägt. Lebensangst, auch wenn sie sich in Galgenhumor entlädt. Es ist nicht die Stimmung eines Einzelgängers, sondern einer gewaltigen Marschkolonne, einer ganzen Generation. Daß er ihrer Angst und Not das Wort findet, ist Erich Kästners Verdienst. Daß sein Roman künftig einmal den Wert eines Dokuments haben wird, eines Dokuments des Jahres 1931, ist Erich Kästners Lohn.«[32]

»Unmoralisches Buch von höchster Moral«

Die Rezension im *Berliner Tageblatt*, welche neben der *Vossischen Zeitung* eines der einflussreichsten Blätter der Hauptstadt darstellte, urteilt ähnlich. Peter Flamm nennt Kästners Roman »[e]in unmoralisches

32 Monty Jacobs, »Erich Kästners Roman *Fabian, die Geschichte eines Moralisten*«, in: *Vossische Zeitung* (20.10.1931).

Buch von höchster Moral« und betont ebenfalls die Authentizität des *Fabian*:

> »Es gibt kaum ein Buch, das unsere Zeit so einfängt, wie dieses. Kaum einen Autor, der so heutig wäre, so durchsogen von den Schmutzsäften und dem gärenden Wust dieser Umwelt. [...] Hinter diesem Buch steht ein Dichter, der mit diesem Werk die Hülle, in der wir alle stehen, von innen erreicht hat. Einer, der den Weltuntergang im Blut hat.«[33]

Heinrich Manns Brief an Kästner

Der Schriftstellerkollege Heinrich Mann äußert in einem Brief vom 23. November 1931 an Erich Kästner seine emotionale Ergriffenheit bei der Lektüre des Romans:

> »Ihr ›Fabian‹ hat mir wirkliche Teilnahme abgewonnen. Man wird sentimental, ohne daß Sie es sind, beim Lesen eines so armen Lebens – nur arm, weil es diese Zeit erlebt. Aber wie munter und unmittelbar trotz allem seine Eindrücke, seine Wanderungen durch die unwirthliche Umwelt! Das ergibt Vergnügen für den Leser inmitten seiner Ergriffenheit. Nehmen Sie für beides meinen aufrichtigen Dank!«[34]

33 Peter Flamm, »Kästner marschiert«, in: *Berliner Tageblatt* (8 11.1931), 5. Beiblatt, Literarische Umschau.

34 Erich Kästner, *Dieses Na ja!, wenn man das nicht hätte! Ausgewählte Briefe von 1909 bis 1971*, Zürich 2003, S. 37.

Negative Kritik zum Roman

Doch es gab auch negative Stimmen: So spricht beispielsweise Joachim Maass Kästners Roman das Moralische überhaupt ab, »weil weder von Fabian als Gestalt, noch in seiner Geschichte als moralische Idee oder Vision das Schwimmen gelehrt wird«.[35] Und Else Rüthel wirft Kästner, ähnlich wie andere Kritiker von der politischen Linken, vor, die Wahrheit im *Fabian* nur halb zu sagen und nicht wirklich Stellung zu beziehen. Sie bemängelt in ihrer Kritik die Darstellung der Figuren, bringt aber zugleich Kästners Anliegen und die Bedeutung des Romanschlusses auf den Punkt. *Fabian* zeige zwar »abschreckend, anfeuernd klar, woher wir kommen«, aber alles Übrige sei »Geschnipsel flächiger Natur ohne Tiefenwirkung: halbverfaulte und ganz verfaulte Typen aller Schichten, mit viel Sexualität und wenig Liebe inmitten von Politik und Arbeitslosigkeit. […] Für einen Fabian, für einen ›anständigen‹ Menschen, für einen Normalmoralisten scheint kein Platz in der Welt von heute zu sein«.[36]

Zur Verfilmung von Kästners *Fabian*

Durch seinen szenischen Charakter, die episodische Struktur und das hohe Erzähltempo bietet sich Kästners *Fabian* für eine Verfilmung hervorragend an – daher verwundert es geradezu, dass dieses Projekt

35 Zitiert nach Hanuschek (Anm. 9), S. 210.
36 Zitiert nach ebd.

erst 1979 von Regisseur Wolf Gremm umgesetzt wurde.

Doch Kästner, der dem Medium Film seit jeher überaus offen gegenübergestanden hat und selbst als Drehbuchautor tätig war, weigerte sich zu Lebzeiten konsequent, die Filmrechte am *Fabian* herauszugeben. Angebote interessierter Produzenten lehnte er ab, da diese den Stoff modernisieren und in die Gegenwart verlegen wollten.[37] Und auch Gremm, der bereits 1973 für sein Erstlingswerk *Ich dachte, ich wäre tot* mit dem Deutschen Kritikerpreis ausgezeichnet wurde, hatte mehrmonatige Verhandlungen mit den Kästner-Erbinnen vor sich, die er schließlich mit dem Versprechen überzeugen konnte, den Roman originalgetreu auf die Leinwand zu bringen.

■ Kästner behielt Filmrechte

Gremm lässt den Film mit Hans-Peter Hallwachs in der Hauptrolle innerhalb von knapp zwei Monaten an den Originalschauplätzen des Romans in Berlin drehen. *Fabian* läuft im darauffolgenden Frühjahr, am 25. April 1980, in 35 deutschen Kinos an und ist außerordentlich erfolgreich: Bereits vierzehn Tage nach seinem Start hat er mehr als eine Million Deutsche Mark eingespielt; insgesamt zählt er rund 60.000 Kinobesucher und erhält noch im gleichen Jahr den Deutschen Filmpreis in der Kategorie »Ausstattung« sowie die Auszeichnung mit dem Filmband in Gold. Auch im Ausland feiert die Verfilmung Erfolge: In der Kategorie »Bester ausländischer Film« wird er für den

■ Erfolge im In- und Ausland

37 Vgl. Ingo Tornow, *Erich Kästner und der Film*, München 1998, S. 125.

Abb. 7: Hauptdarsteller Hans-Peter Hallwachs bei der Präsentation des Films Fabian. – © VIRGINIA, starfotos@virginia-hamburg. de

Academy Award (Oscar) und die Golden Globes nominiert und findet auch bei den Filmfestspielen in Cannes Beachtung.[38]

Nah an der literarischen Vorlage

Das Drehbuch zum *Fabian* wurde von Gremm und Hans Borgelt in enger Anlehnung an die literarische Vorlage erstellt: Figuren und Schauplätze sowie die beiden Handlungsstränge des Romans, die Schicksale von Fabian und Labude, werden nahezu unverändert

38 Vgl. Alexandra Gaida-Steingaß, *Vom Buch zum Film: Erich Kästners Fabian – Die Geschichte eines Moralisten*, Frankfurt a. M., 2014, S. 149 ff.

in den Film übernommen. Kästners Dialoge werden ebenfalls adaptiert, teilweise sogar ungekürzt. Signifikante Änderungen betreffen beispielsweise den Roman- bzw. den Filmbeginn, die im Film stärker ausgedehnte Darstellung der Liebesgeschichte zwischen Cornelia und Fabian, die Streichung von Fabians Traumvision und seine politischen Diskussionen mit Labude sowie das Hinzufügen einer neuen Szene, in der Fabian seinen Freund kurz vor dessen Selbstmord besucht und ihm von Cornelias Verrat erzählt.

Fabians Erleben steht im Zentrum

Im Zentrum der Verfilmung, die dem Genre Drama zugeordnet ist, steht wie im Roman die Hauptfigur Fabian: »Alle Ereignisse stellen sich als Fabians Wahrnehmung der Situation dar. Der Zuschauer sieht eine vom Protagonisten generierte Welt, die ohne Ich-Erzähler und subjektive Kamera arrangiert ist. Fabian wird zur Reflektorfigur, das Geschehen ist auf sein Erleben ausgerichtet und bildet das zentrale Bewusstsein des Films.«[39] Labudes Schicksal ist wie im Roman als eigenständige Binnenhandlung in das Geschehen integriert und dient als Spiegelung und Verstärkung von Fabians Konflikten. Die Entwicklungsfähigkeit der Protagonisten bleibt begrenzt; zudem verzichtet der Film weitgehend auf spannungssteigernde, dramatische Effekte und setzt überraschende Wendungen eher ruhig in Szene.

Trotz Kinoerfolgs und zahlreicher Auszeichnungen sind die Kritiker gespaltener Meinung: Rund die

39 Ebd., S. 90.

Rezensenten sind gespaltener Meinung

Hälfte der Filmbesprechungen fällt positiv, die andere Hälfte mittelmäßig bis negativ aus. Das wird auch durch die Titel der Rezensionen deutlich, die von »Kästners *Fabian* hervorragend verfilmt« (Westfälische Rundschau) bis hin zu »Fremdling in verkehrter Welt – Wolf Gremms *Fabian* und das Dilemma von Literaturverfilmungen« (Frankfurter Allgemeine Zeitung) reichen. Gelobt werden vor allem Rollenbesetzung, Titelmusik, Kameraführung, Szenerie und Ausstattung. Das Drehbuch wird hingegen als eher einseitig beurteilt, da es das Politische ausklammere und routiniert wirke, die Szenen seien spannungslos und eher zufällig. Außerdem vermissen die Kritiker neben Kästners satirischem Biss auch sein melancholisches Feingefühl. So herrscht unter den Kritikern vorrangig die Meinung vor, Kästners Vorlage sei unzureichend auf das Medium Film adaptiert.[40]

40 Vgl. ebd., S. 163 ff.

9. Wort- und Sacherläuterungen

9,5 **Luftschiff:** lenkbares Luftfahrzeug, das aus einem langgestreckten, mit Gas gefülltem Körper besteht.

9,6 **Strychnin:** farblose, giftige Stickstoffverbindung aus den Samen eines indischen Baumes.

9,13 **Clara Bow:** amerikanischer Stummfilmstar (1905–1965).

9,16 **Starhembergjäger:** faschistisch orientierte, paramilitärische Kampforganisation; wurde nach dem Ersten Weltkrieg als österreichischer Heimwehrverband gegründet.

9,21 **Sacharin:** ältester synthetischer Süßstoff, preisgünstiger Ersatz zum herkömmlichen Zucker.

10,27 **Friedrich dem Großen:** Friedrich II. (1712–1786), König von Preußen aus der Dynastie der Hohenzollern.

11,3 **Stundenhotels:** Stundenhotel, Hotel mit stundenweise mietbaren Zimmern, v. a. von Paaren zum Geschlechtsverkehr genutzt.

11,22 **Aeroplan:** veraltete Bezeichnung für Flugzeug.

12,6 **grünlivrierter Liliputaner:** Livree ist eine uniformartige Bekleidung für Bedienstete; Liliputaner ist die umgangssprachliche Bezeichnung für kleinwüchsige Menschen.

13,9 **Grammophon:** ein Gerät zur Aufzeichnung und Wiedergabe von Tönen; Vorläufer des Schallplattenspielers.

13,11 **Statuten:** schriftlich niedergelegte Satzung, z. B. bezüglich der Organisation eines Vereins.

14,2 **Bridge:** Kartenspiel für vier Personen, das in Zweierteams gespielt wird.

15,12 **Schwadroneuse:** weibliches Substantiv, abgeleitet von »schwadronieren« (laut, lebhaft, unbekümmert, oft auch: aufdringlich reden).

15,16 **infantiles:** kindliches.

18,8 **Megäre:** Rachegöttin, eine der drei Erinnyen aus der griech. Mythologie, bei den Römern als »Furie« bezeichnet; heute z. T. abwertend für wütende, böse Frau.

20,24 **Kontrakt:** Vertrag.

21,22 **taxieren:** etwas prüfend oder kritisch betrachten, um sich ein Urteil zu bilden.

21,24 **verbrieftes Recht:** schriftlich festgelegtes Recht.

22,6 **in extenso:** in aller Ausführlichkeit, vollständig.

29,5 **Handelsredaktion:** Wirtschaftsredaktion.

29,12 f. **Stenotypistinnen:** Stenotypist ist ein Schreibberuf, bei dem gesprochener Text stenografisch aufgenommen und anschließend in Schriftsätze übertragen wird.

30,21 **Volontär:** Bezeichnung für Auszubildende im journalistischen, kreativen oder kaufmännischen Bereich.

30,23 **Bürstenabzügen:** Bürstenabzug, Probeabzug zur Kontrolle einer gesetzten Druckseite, bei dem das Papier mit einer Bürste von Hand auf den gefärbten Satz gepresst wird.

31,7 **Durchschuss:** Zeilenabstand.

31,10 **Chaiselongue:** niedriges, gepolstertes Sitz- und Liegemöbel.

31,24 **redigieren:** einen Text be- oder überarbeiten, ihm die endgültige Form für die Veröffentlichung geben.

33,12 **Untersekunda:** früher gebräuchliche Bezeichnung für die zehnte Jahrgangsstufe eines Gymnasiums.

34,9 **Indolenz:** Schmerzlosigkeit oder Schmerzfreiheit, aber auch Gleichgültigkeit gegenüber Schmerzen im körperlichen wie im psychischen Sinn.

39,15 **Paralyse:** bezeichnet die vollständige Lähmung einzelner Muskeln oder einen fortschreitenden Ausfall von Gehirnfunktionen.

40,25 **Quacksalberei:** Behandlung von Krankheiten mit obskuren und dubiosen Mitteln und Methoden; als Quacksalber bezeichnete Heiler hatten meist nicht die nötige Qualifikation der Heilkunde.

41,17 **Montecuccoli:** Raimondo Montecuccoli (1609–1680), italienischer kaiserlicher Feldherr, Diplomat und Staatsmann; gilt als einer der bedeutendsten Feldherren Österreichs.

43,12 f. **Daumier:** Honoré Daumier (1808–1879), frz. Künstler, bekannt für seine politischen und sozialkritischen Karikaturen.

46,2 **Valuta:** Geld, Währung.

52,10 **Descartes:** René Descartes (1596–1650), frz. Philosoph und Begründer des neuzeitlichen Rationalismus; versuchte mit Hilfe des methodischen Zweifels zur Grundlage der Erkenntnis vorzudringen.

52,12 **Driesch:** Hans Driesch (1867–1941), Biologie- und Philosophieprofessor in Leipzig; Kästner hörte bei ihm 1924/25 die Vorlesung »Geschichte der Philosophie von Descartes bis Leibniz«.

52,19 **Pedell:** Hausmeister an öffentlichen Einrichtungen wie Schulen, Gerichten und Universitäten.

53,16 **Dreißigjährigen Krieg:** Dreißigjähriger Krieg, Kampf um die Vorherrschaft im Heiligen Römischen Reich Deutscher Nation und in Europa, der als Religionskrieg begann (1618–1648).

54,13 **Lessings:** Gotthold Ephraim Lessing (1729–1781), bedeutender Dichter, Dramatiker und Theoretiker der deutschen Aufklärung.

55,4 **Sinologen:** Sinologe, Fachmann auf dem Gebiet der Sprach- und Kulturwissenschaften; der sich mit der chinesischen Sprache, Schrift, Kultur, Geschichte und Philosophie befasst.

56,15 **Kommis:** veraltete Bezeichnung für einen Handlungsgehilfen oder kaufmännischen Angestellten.

57,21 **pekuniäres:** finanzielles.

58,25 f. **Proletariat:** Klasse der abhängig beschäftigten Arbeiterschaft, die in einer kapitalistischen Gesellschaft keine eigenen Produktionsmittel besitzen.

60,4 **Blücher:** Gebhard Leberecht von Blücher (1742–1819), preußischer Generalfeldmarschall; besiegte 1813 zusammen mit Wellington Napoleon in der Völkerschlacht bei Leipzig.

61,11 **Bonbonniere:** Behälter aus Kristallglas oder Porzellan zur Aufbewahrung von Pralinen, Konfekt oder Bonbons.

63,21 **Frau Potiphar:** Die Frau des ägypt. Hofbeamten des Pharaos versuchte nach biblischer Überlieferung erfolglos, dessen Sklaven Josef zu verführen und rächte sich anschließend, indem sie ihn der versuchten Vergewaltigung bezichtigte (Altes Testament, Genesis 39 1,39).

70,6 **Proleten:** umgangssprachliche Kurzform für Proletarier.

73,14 **Bourgeois:** ein Angehöriger der Bourgeoisie (wohlhabendes Bürgertum); im Marxismus eine Bezeichnung für die herrschende soziale Klasse, die der Klasse des Proletariats gegenübersteht.

76,5 **Pleureusenhut:** Damenhut mit langen Straußenfedern.

76,5 f. **Hellebarde:** Stoß- und Hiebwaffe, die aus einem langen Stiel mit axtförmiger Klinge und scharfer Spitze besteht.

76,17 **Ungarische Rhapsodie:** bekanntes klassisches Stück von Franz Liszt (1811–1886); ungarischer Komponist, Pianist und Dirigent mit deutscher Muttersprache.

77, 27 **Caligula:** römischer Kaiser (12–41 n. Chr.), der wegen seiner Gewalt- und Schreckensherrschaft gefürchtet war.

78,22 **Schmissnarben:** Narben als Folge ritueller Duelle in Studentenverbindungen.

80,3 **Komtess:** übliche Anrede einer jungen unverheirateten Aristokratin.

81,14 **deklamierte:** deklamieren, (kunstvoll) vortragen.

82,2 **Tuele!:** (frz.) Tötet ihn!

82,24 **Pennal:** veraltete Bezeichnung für eine höhere Schule.

82,25 **Primus:** Klassenbester.

82,27 **Assessor:** Berufs- und Dienstbezeichnung für Akademiker, die nach dem zweiten Staatsexamen die Anwartschaft auf die höhere Beamtenlaufbahn erworben haben

83,2 **Engrospreis:** Großhandelspreis.

85,9 **Venia legendi:** Berechtigung, als Hochschullehrer zu unterrichten.

87,26 **Große Kurfürst:** gemeint ist: Kurfürst Friedrich Wilhelm von Brandenburg (1620–1688); gewinnt 1675 die für Brandenburg-Preußen bedeutende Schlacht bei Fehrbellin gegen die Schweden.

88,14 f. **Auditorium Maximum:** größter Hörsaal einer Hochschule.

90,11 **Antinomie:** spezielle Art des logischen Widerspruchs eines Satzes in sich oder zweier Sätze, von denen jeder gleichermaßen Gültigkeit beanspruchen kann.

91,2 f. **unterminiert:** unterminieren, abbauen, schmälern; Prozess des Abbaus oder der Zerstörung.

91,21 **krepiert:** krepieren, verenden (bei Tieren), elend sterben.

94,20 **Kanaille:** Schimpfwort, bedeutet so viel wie Schurke, mieser Kerl.

100,21 **Veduten:** in der bildenden Kunst die wirklichkeitsgetreuen Darstellungen einer Landschaft oder eines Stadtbildes; ital. *veduta*: Ansicht oder Aussicht.

106,6 **Budiker:** Besitzer einer Budike; im Berliner Raum geläufige Bezeichnung für eine kleine Kneipe oder kioskähnliche Trinkhalle.

106,21 **Prokuristen:** Prokurist, Angestellter mit handelsrechtlicher Vollmacht, Geschäfte in Vertretung selbstständig durchzuführen.

111,3 **Sodom und Gomorrha:** zwei biblische Städte, die aufgrund ihrer Sünden- und Lasterhaftigkeit von Gott zerstört wurden (Altes Testament, Genesis 19,1–29).

114,24 **Serail:** Palast oder Residenz eines orientalischen Herrschers oder Fürsten.

117,16 **Schuhplattler:** in Teilen von Bayern, Österreich und Südtirol populärer Volkstanz.

120,11 **Faktotum:** Fremdwort zur Bezeichnung einer Person, die eine Vielzahl unterschiedlicher Aufgaben wahrnimmt; umgangssprachlich ›Mädchen für alles‹.

122,22 **Schillers:** Johann Christoph Friedrich Schiller (1759–1805), einer der bedeutendsten deutschen Dramatiker, Lyriker und Essayisten.

124,6 **Pelerine:** Umhang, der über dem Mantel getragen wird, etwa bis zur Taille reicht und nur die Schultern und Oberarme bedeckt.

126,13 **Kuratel:** Vormundschaft.

128,26 **Malheur:** veraltet für Unglück.

130,17 **Charité:** ältestes Berliner Krankenhaus und eine der größten Universitätskliniken Europas.

133,10 **biwakiert:** biwakieren, kampieren; von Biwak, das ein Lager im Freien bezeichnet, v. a. für Soldaten oder Bergsteiger gebräuchlich.

137,10 **komplimentierte:** jemanden irgendwohin geleiten, bitten.

143,3 **Biedermann:** veraltet für ehrenwerten, rechtschaffenen Mann.

152,20 **Schopenhauer:** Arthur Schopenhauer (1788–1860),

deutscher Philosoph; Entwicklung der Position des Subjektiven Idealismus und der Mitleidsethik.

152,28 **Plato:** Platon (428/427–348/347 v. Chr.), antiker griechischer Philosoph und Schüler von Sokrates.

153,1 **εὔκολος:** griech. *eukolos*, steht für einen heiteren und sorglosen Menschen.

153,1 **δύσκολος:** griech. *dyskolos*, steht für einen finsteren und ängstlichen Menschen.

155,15 **Cutaway:** ein in England aus dem Gehrock entwickeltes Kleidungsstück für Herren.

161,23 **Kupee:** Abteil, Eisenbahnabteil.

163,16 **Jumper:** Kleidungsstück für Damen, ähnlich einem Pullover.

165,27 f. **Bessemerbirnen:** zylinderförmiges Gefäß zur Herstellung von Stahl aus Roheisen.

169,8 **Napolitains:** kleine Schokoladentäfelchen.

176,17 **H. G. Wells:** Herbert George Wells (1866–1946), englischer Schriftsteller, Historiker und Soziologe; Pionier der Science-Fiction-Literatur.

177,28 **Stimulans:** Nervensystem, Kreislauf und Stoffwechsel anregendes Mittel.

187,10 **Joppen:** Joppe, Jacke für Männer.

189,3 **Hippodrom:** in der Antike eine Rennbahn für Pferde- und Wagenrennen; hier Reitbahn auf dem Jahrmarkt.

191,17 **Couplets:** mehrstrophiges, witzig-satirisches Lied mit pikantem oder politischem Inhalt und markantem Refrain.

194,14 **Backfisch:** veraltete Bezeichnung für heranwachsende Mädchen im Jugendalter.

197,2 **prophylaktisch:** vorbeugend.

197,6 **Vertiko:** vertikal ausgerichtetes Möbelstück mit Deckplatte.

198,13 **Hohenzollern:** eine der bedeutendsten Dynastien des deutschen Hochadels; herrschendes preußisches Adelsgeschlecht, aus dem Kaiser Wilhelm I. stammte.

198,13 **Begas:** Reinhold Begas (1831–1911), deutscher Bildhauer; gilt als Hauptvertreter der neobarocken Berliner Bildhauerschule.

201,2 **Präzedenzfall:** juristischer Fall, dessen Entscheidung als Muster für andere, zukünftige Fälle dient.

205,21 f. **hat die Motten:** hat einen merkwürdigen Einfall, hat verrückte Gedanken.

212,23 f. **Lugano:** Stadt des südlichen Schweizer Kantons Tessin.

212,24 **depeschiert:** frz. *dépêcher* ›befördern‹; jemandem eine Depesche (Eilnachricht) senden.

214,7 **FD-Zug:** Fernschnellzug.

214,8 **Bellinzona:** Hauptstadt des südlichen Schweizer Kantons Tessin.

216,22 f. **Gänsekiel:** als Schreibfeder benutzte Schwungfeder einer Gans.

216,23 **Schleppsäbel:** Säbel, der an langen Riemen getragen wird, so dass er auf dem Boden schleift.

218,4 **Sacré Cœur:** römisch-katholische Wallfahrtskirche auf dem Montmartre im 18. Pariser Arrondissement.

222,15 f. **Rathenau-Eiche:** Walther Rathenau (1867–1922), deutsch-jüdischer liberaler Politiker (DDP) und Reichsaußenminister; wurde Opfer eines politischen

Attentats der nationalistisch-antisemitischen Organisation Consul.

222,20 **Hybris:** Hochmut, Überheblichkeit, Vermessenheit.

222,23 **Quai d'Orsay:** Uferstraße im 7. Arrondissement in Paris; Metonymie für das Außenministerium Frankreichs.

226,11 f. **pathologischer:** krankhafter.

227,9 **konkaven:** einwärts oder nach innen gewölbten.

227,10 **Gouvernante:** früher Erzieherin, Hauslehrerin; belehrende und bevormundende altjüngferlich wirkende Person.

228,27 **Ordination:** Sprechstunde.

234,7 **Subalternbeamter:** untergeordneter Beamter.

234,9 **Arsenik:** chemische Verbindung des Arsens, tödlich; seit der Spätantike das am meisten verwendete Mordgift.

235,14 **Infamie:** ehrloses Handeln, Niedertracht.

238,3 **Elysium:** in der Unterwelt ist Elysium das Land der Seligen. Zustand des vollkommenen Glücks.

242,17 **Viadukt:** Überführung.

245,21 **Komissbrot:** einfaches, haltbares Brot zur Versorgung von Soldaten.

245,24 **Tripper:** Geschlechtskrankheit, eine der häufigsten sexuell übertragbaren Infektionen; medizinisch Gonorrhoe.

246,1 **Scherenfernrohr:** Fernrohr mit zwei Objektiven, zur Distanzmessung in der Artillerie eingesetzt.

246,2 **Lafettenschwanz:** hinterer Teil einer Lafette (Gerüst, auf dem eine Kanone liegt).

246,6 **Peripherie:** Randgebiet, Umgebung.

247,15 **Primaner:** nach der früheren Zählung der Klassen von oben nach unten eine der beiden letzten, d. h. höchsten Klassen des Gymnasiums (Unterprima Jahrgang 12 und Oberprima Jahrgang 13).

247,20 **Sedanfeier:** Gedenktag im Kaiserreich an die Kapitulation der frz. Armee am 2. September 1870 nach der Schlacht bei Sedan.

247,20 **Schlacht bei Tannenberg:** Schlacht des Ersten Weltkriegs, fand in Ostpreußen Ende August 1914 zwischen deutschen und russischen Truppen statt.

248,13 **Quintanern und Quartanern:** Quinta und Quarta, Jahrgänge sechs und sieben des Gymnasiums.

249,21 **assyrischer:** Assyrer sind Angehörige einer ethnischen Minderheit im Nahen Osten, die dem orientalischen Christentum (Assyrische Kirche) angehören.

256,8 **fakultativ:** dem eigenen Ermessen überlassen, freiwillig, optional.

263,3 **Tantiemen:** Gewinnbeteiligung, zusätzliche ergebnisabhängige Vergütungen.

265,16 **Fisimatenten:** etwas, das unnötigerweise etwas anderes behindert oder verzögert; Umstände, Sperenzchen.

10. Prüfungsaufgaben mit Lösungshinweisen

Aufgabe 1: Zum Scheitern von Labude und Fabian

These: Die Handlung um Labude dient im Roman als Spiegelung und Katalysator von Fabians Konflikten. Beide scheitern an dem Versuch, moralisch in einer unmoralischen Welt zu sein.

Überprüfen und beurteilen Sie die Überzeugungskraft dieser These anhand des Textes. Beziehen Sie die charakterlichen Dispositionen der Protagonisten, die Gründe für ihr jeweiliges Scheitern sowie die Deutung ihres Todes in Ihre Darstellung ein.

Lösungshinweise

Die Konflikte der beiden Protagonisten und ihre jeweilige Reaktion sollten ebenso wie die Gründe ihres Scheiterns und die Deutung ihres Todes mit konkretem Textbezug dargestellt werden, indem bedeutende Zusammenhänge ausgeführt, auf wichtige Textstellen verwiesen und aussagekräftige Zitate eingebaut werden. Denken Sie an das abschließende Urteil Ihrer Untersuchung.

Inhaltlich wichtige Aspekte

Beide Protagonisten erleben das Scheitern auf beruflicher und privater Ebene. In allen Fällen ist unmoralisches Verhalten von außen im weiteren oder engeren Sinn für ihr

Scheitern verantwortlich; Fabian und Labude zeichnen sich hingegen durch moralisches Denken oder Verhalten aus.

- **Berufliche Ebene:** Fabian wird aufgrund von Budgetkürzungen gekündigt. Er muss gehen, weil sein Gehalt höher ist als das von Fischer, obwohl er talentierter ist (S. 120 f.); Labude hat zwar eine hervorragende Arbeit vorgelegt, glaubt aber der Lüge des neidischen Institutsgehilfen Dr. Weckherlin, der behauptet, seine Habilitationsschrift sei abgelehnt worden (S. 208 ff., 229 ff.).
- **Private Ebene:** Labude wird von seiner in Hamburg lebenden Verlobten Leda mit einem anderen Mann betrogen (S. 90 ff.); Fabian wird von Cornelia für den Filmproduzenten Makart verlassen, der ihr dafür eine Karriere als Schauspielerin ermöglicht (S. 181 f.).
- **Umgang mit Konflikten:** Labude begeht Selbstmord, da er das mehrfache Scheitern – auf privater wie auf beruflicher Ebene – nicht aushält (S. 208 ff.); Fabian verlässt hingegen nach seinem dreifachen Verlust (Job, Cornelia, Labude) Berlin und kehrt in seine Heimatstadt Dresden zurück (Kap. 21), was als Rückzug oder Regression gedeutet werden kann.
- **Spiegelung und Verstärkung:** Da beide Freunde in den Bereichen Beruf und Liebe scheitern, findet eine Spiegelung der Konflikte statt. Zudem wirkt Labudes Selbstmord als Verstärker von Fabians Konflikten, da ihn nun nichts mehr in Berlin hält.
- **Charakterliche Dispositionen:** Die Reaktionen der Protagonisten – Selbstmord vs. Rückzug – lassen sich

auf ihre jeweiligen Charaktere zurückführen. Im Gegensatz zu Labude, der den Widerspruch zwischen Selbstbild und vermeintlicher Realität nicht aushält, ist Fabian hinsichtlich seines Selbstbilds reflektierter (S. 217, 267). Deutlich wird dies auch an Fabians Selbstbeschreibung, die indirekt auch eine Beschreibung Labudes enthält: Er sei ein »Melancholiker«, daher könne ihm nicht viel passieren. Im Gegensatz zum »Optimisten« neige er nicht zum Selbstmord (S. 112).

- **Deutung des Todes der Protagonisten:** Labude stirbt an einem schlechten Scherz, den er nicht hinterfragt – sein Tod ist ebenso sinnlos und tragisch wie der Fabians, der sich mit seiner unbedachten Hilfsaktion selbst ums Leben bringt. Labude hat Weckherlin vertraut und ist von der moralisch richtigen Verhaltensweise der Ehrlichkeit ausgegangen, daher hat er der Lüge geglaubt, statt sie zu hinterfragen. Fabian hat reflexartig und ohne vorheriges Nachdenken moralisch gehandelt und ist deswegen ertrunken. Beide sind demnach an ihrer Moralität gescheitert, die sie ohne Überlegung zum Handeln geführt hat. Ihr Tod kann als Metapher für die Unmöglichkeit des moralischen Existierens in einer unmoralischen Welt gedeutet werden.

Aufgabe 2: *Fabian* als Roman der Weltwirtschaftskrise

Erörtern Sie, ob und inwiefern Kästners *Fabian* als Roman der Weltwirtschaftskrise gelten kann. Beziehen Sie sich bei Ihren Ausführungen auf die hierfür zentralen Themen und die übergeordnete Bedeutung des Motivs »Geld« im Roman; lassen Sie außerdem Ihre Kenntnisse über die Situation in der Weimarer Republik nach der Weltwirtschaftskrise einfließen.

Lösungshinweise

Es erscheint sinnvoll, einleitend auf die historische Situation in der Weimarer Republik nach der Weltwirtschaftskrise einzugehen, um anschließend mit konkretem Textbezug zu erläutern, wie sich die Thematik im Roman darstellt. Zitieren Sie geeignete Textstellen und legen Sie Zusammenhänge zu anderen Bereichen dar, die durch die Thematik des Geldes beeinflusst werden. Denken Sie an die abschließende Formulierung Ihrer Position.

Inhaltlich wichtige Aspekte

- Die Ära der Goldenen Zwanziger Jahre, die in der Weimarer Republik durch den ökonomischen Aufschwung gekennzeichnet war, findet ihr Ende mit dem New Yorker Börsencrash von 1929, der eine Weltwirtschaftskrise auslöst. In Deutschland führt dies zu staatlichen Notverordnungen, einer Bankenkrise, Stellenstreichungen und Lohnkürzungen. Die immer stärker anwachsende Arbeitslosigkeit und der Abbau von Sozialleistungen führen zu Armut und Verzweiflung innerhalb der Bevölkerung.

- In Kästners Roman *Fabian* sind diese Zusammenhänge durch die zentralen Themen Arbeitslosigkeit und Armut präsentiert; zudem nimmt »Geld« die Rolle eines Leitmotivs ein, so dass sich seine Bedeutung über alle Themen- und Lebensbereiche der Figuren erstreckt. So sind auch alle zwischenmenschlichen Beziehungen und die Bereiche Liebe und Familie von der Thematik des Geldes durchdrungen.
- Fabian verliert seinen Job als Werbetexter, weil seine Stelle aufgrund der Kürzung des Werbebudgets gestrichen wird (S. 120 f.). Trotz seiner Bemühungen, z. B. mit Hilfe Zacharias und diverser Bewerbungsschreiben eine neue Stelle zu finden, bleibt Fabian aufgrund der prekären wirtschaftlichen Situation erfolglos (S. 176, 223).
- Bei seiner Odyssee durch die Arbeitsämter wird die hohe Zahl der Erwerbslosen aus allen Branchen und sozialen Schichten sowie die Verzweiflung der Menschen deutlich (S. 138 ff.). Diese können ihre Familien von den Sozialleistungen, die sie erhalten, kaum ernähren. So erläutert einer der Männer, dass ihm pro Familienmitglied täglich 38 Pfennige zur Verfügung stehen. Die Verzweiflung der Menschen ist teilweise so groß, dass sie sich zur Kriminalität gezwungen sehen oder über Selbstmord nachdenken (S. 140 f.).

- Dieser Zusammenhang begegnet dem Leser bereits im 2. Kapitel in Form eines Bettlers, dem Fabian im Café ein Essen spendieren möchte. Der ehemalige Bankangestellte ist bereits seit zwei Jahren arbeitslos (d.h. etwa ab der Weltwirtschaftskrise) und erhält lediglich 10 Mark von der Fürsorge, nach eigener Aussage habe er bis auf den Selbstmord alles erlebt (S. 26 f.). Auf ihrem Heimweg begegnen Fabian und Cornelia erneut einem Bettler, einem jungen obdachlosen Mann, dem Fabian zwei Mark gibt (S. 110).
- Immer wieder ist im Roman auch davon die Rede, dass die Menschen von ihrem Lohn kaum leben können. Cornelia erhält als Referendarin nur 150 Mark (S. 111), Fabian bekäme bei der Zeitung in Dresden 200 Mark, also deutlich weniger als zuvor (S. 265 f.). Die Frauen in Haupts Sälen leben »vom Bauch in den Mund« (S. 62) und auch auf die Selbständigen wirkt sich die schwindende Kaufkraft der Menschen aus – so klagt Fabians Mutter darüber, dass das Seifengeschäft schlecht gehe (S. 144).
- Die schwierige wirtschaftliche Gesamtsituation und drohende Arbeitslosigkeit wirken sich auch auf andere Bereiche des Lebens aus. Fabian sieht hierin den zentralen Grund für die Problematik zwischen Frau und Mann (S. 101 f.). Dass man in diesen wirtschaftlich unsicheren Zeiten keine Familie gründen könne, ist bereits zuvor zwischen Fabian und Labude Thema nach ihrem Besuch im Kabarett (S. 84).
- Fabian gerät in der Folge durch seine Kündigung in genau jene Situation, die er Cornelia gegenüber zuvor als

Antinomie, als unauflösbaren Widerspruch, geschildert hat: Er will zwar für sie sorgen, kann dies aufgrund seines Jobverlustes jedoch nicht und muss mitansehen, wie sie ihn für den reichen Filmproduzenten Makart verlässt, von dem es heißt, er hätte »Geld wie Heu« (S. 169).

- Liebe und Sexualität stehen demnach auch in Zusammenhang mit Geld – der Warencharakter von Liebe wird an mehreren Stellen deutlich, und so ist es nicht nur Cornelia, die sich im Roman prostituiert (S. 104 f., 111 f., 157 ff.). Bezeichnenderweise gibt die Prostituierte des Dresdner Bordells Fabian sein Geldstück zurück (S. 260).
- Fabians Beziehungen sind allesamt durchdrungen von der Thematik des Geldes: Labude steckt Fabian mehrfach Geld zu (S. 85, 208), Frau Moll sowie ihr Mann versuchen Fabian erfolglos mit Geld zu ködern (S. 23, 156 ff., 241), und Cornelia erhält wiederholt von Fabian Geld – so gibt er ihr ausgerechnet für das Vorstellungsgespräch, das das Ende ihrer Beziehung einleitet, seine letzten hundert Mark (S. 163) und teilt auch das Geld mit ihr, das er von Labude erhalten hat (S. 227). In der Beziehung zwischen Fabian und seiner Mutter spielt Geld ebenfalls eine Rolle, jedoch stecken sie sich gegenseitig die gleiche Summe, nämlich zwanzig Mark, zu (S. 162 f.).

Aufgabe 3: Neusachliche Liebe in Gedicht und Roman

Interpretieren Sie Kästners Gedicht *Sachliche Romanze* unter Einbezug Ihres Literaturverständnisses der Neuen Sachlichkeit. Vergleichen Sie anschließend die Darstellung der Themen »Liebe« und »Beziehung« in Gedicht und Roman.

Sachliche Romanze (1928)

Als sie einander acht Jahre kannten
(und man darf sagen: sie kannten sich gut)
kam ihre Liebe plötzlich abhanden.
Wie andern Leuten ein Stock oder Hut.

Sie waren traurig, betrugen sich heiter,
versuchten Küsse, als ob nichts sei,
und sahen sich an und wussten nicht weiter.
Da weinte sie schließlich. Und er stand dabei.

Vom Fenster aus konnte man Schiffen winken.
Er sagte, es wäre schon Viertel nach Vier
und Zeit, irgendwo Kaffee zu trinken.
Nebenan übte ein Mensch Klavier.

Sie gingen ins kleinste Café am Ort
und rührten in ihren Tassen.
Am Abend saßen sie immer noch dort.
Sie saßen allein, und sie sprachen kein Wort
und konnten es einfach nicht fassen.

Erich Kästner: Sachliche Romanze. Aus: E.K.: Lärm im Spiegel. –

Lösungshinweise

Hinsichtlich des Gedichts wird keine ausführliche Gedichtanalyse verlangt, sondern lediglich eine inhaltlich-sprachliche Interpretation mit Bezug zur Neuen Sachlichkeit. Die Ergebnisse der Interpretation werden in einem nächsten Schritt mit der Darstellung des Themas im Roman verglichen, indem Gemeinsamkeiten und Unterschiede herausgearbeitet werden. Beziehen Sie die Bandbreite der Thematik ein, und arbeiten Sie mit konkretem Textbezug, indem Sie aussagekräftige Stellen zitieren.

Interpretation des Gedichtes

- Das lyrische Ich beschreibt nüchtern und distanziert die Beziehung eines Paares, in der die Liebe nach acht Jahren plötzlich verloren gegangen ist.
- Die in Klammern gesetzte Parenthese in der ersten Strophe deutet an, dass sich das Paar mit der Zeit vielleicht schon zu sehr an einander gewöhnt hat. Durch den Vergleich der Liebe mit einem Gegenstand (»Stock oder Hut«, V. 4), wird sie verdinglicht und die

Unvorhersehbarkeit ihres Abhandenkommens betont.

- Dem Paar ist zwar bewusst, dass ihre Liebe vorbei ist (»Sie waren traurig«, V. 5), aber dennoch betrügen sie sich selbst und den anderen, da sie sich die Wahrheit nicht eingestehen wollen. Stattdessen versuchen sie, den Schein aufrechtzuerhalten (»versuchten Küsse, als ob nichts sei«, V. 6).
- Der Versuch geht fehl und Ratlosigkeit macht sich breit. Die Frau weint, der Mann steht nur dabei – selbst in dieser Situation kommt keine Nähe zustande, wodurch die emotionale Entfremdung des Paares und ihre Hilflosigkeit deutlich zum Ausdruck kommen.
- Statt das Problem zu thematisieren und Konsequenzen zu ziehen, bestimmen Banalitäten und Routinen das Miteinander, was durch den Vorschlag des Mannes deutlich wird, der in indirekter Rede wiedergegeben wird. Im Café wird vollends deutlich, dass die beiden nur noch nebeneinanderher leben (»Sie saßen allein, und sie sprachen kein Wort«, V. 16).
- Bis zum Abend rühren sie schweigend in ihren Tassen und sind fassungslos darüber, dass sie nichts mehr für den anderen empfinden. Sie suchen und finden jedoch keinen Zugang zueinander und nehmen die Situation hin, ohne etwas zu ändern.
- Bezug zur Neuen Sachlichkeit: Gebrauchslyrik (Thematisierung von Alltagssorgen); einfache, nüchterne und lakonische Sprache; Nebeneinander von Bedeutendem und Nebensächlichem; sachlich-objektive Beschreibung trauriger oder tragischer Sachverhalte, wo-

durch das vom Text transportierte Gefühl auf eine indirekte Weise noch stärkere Betonung erfährt.

Gemeinsamkeiten

- In Gedicht und Roman wird das Scheitern von Beziehungen vorgeführt: So gelingt weder die Beziehung zwischen Fabian und Cornelia, die zunächst auch in ihren positiven Aspekten geschildert wird, noch die zwischen Labude und seiner Verlobten Leda.
- In der Beziehung zwischen Labude und Leda verhält sich Leda, als ob nichts sei. Sie spielt Labude schon länger etwas vor und versucht an der Beziehung festzuhalten, obwohl sie ihn nicht liebt (S. 91 ff.).
- In Gedicht wie Roman wird Liebe verdinglicht und erscheint als Sache oder Objekt: Das wird im Gedicht durch den Vergleich in Vers 4 deutlich und im Roman durch die Gleichsetzung von Liebe mit einer Ware erreicht. Die Thematik wird erstmals von Cornelia im Gespräch mit Fabian angerissen (S. 103) und kommt anschließend zum Tragen, als sie für ihre Karriere ein Verhältnis mit Makart eingeht (S. 182).
- In Gedicht und Roman ist es die Frau, die Emotionen in Form von Tränen zeigt. Cornelia weint mehrfach im Roman, wenn es um Liebe und Beziehungen geht. Die Situation im Café ähnelt der im Gedicht: Cornelia weint und Fabian bleibt eher kühl und distanziert, obwohl an anderen Stellen des Romans deutlich wird, dass ihn das Scheitern der Beziehung mitnimmt, so wie auch der Mann im Gedicht traurig ist, dies jedoch nicht zeigt (S. 198 ff.).

- Die sachlich-objektive Schilderung tragischer Zusammenhänge im Sinne der Neuen Sachlichkeit sowie die distanzierte Betrachtungsweise des Themas Liebe sind eine weitere Gemeinsamkeit. Dies zeigt sich ebenfalls bei Fabians und Cornelias erstem Gespräch sowie bei ihrem Treffen im Café, bei dem Fabian den Sachverhalt eher kühl und nüchtern reflektiert und sich sogar selbst darüber wundert (S. 200).

Unterschiede

- Die Beziehungen im Roman scheitern nicht, weil den Paaren die Liebe plötzlich abhandenkommt. Cornelia liebt Fabian, trifft allerdings eine rationale Entscheidung zugunsten ihrer Karriere und finanziellen Absicherung. Bei Labude und Leda ist die Lage schwieriger zu beurteilen. Nach Aussage Labudes habe Leda ihn nie geliebt, diese Sichtweise könnte allerdings Folge seines Schmerzes sein. Es ist möglich, dass Leda sich aufgrund der Entfernung entliebt hat.
- Im Gegensatz zur Situation im Gedicht thematisieren die Paare im Roman ihre Probleme zumindest ansatzweise oder starten zumindest im Nachhinein den Versuch dazu. Cornelia und Fabian treffen sich im Café zur Aussprache und Labude stellt Leda noch am nächsten Tag zur Rede. Diese streitet ihre Affäre jedoch ab, so dass es zu keiner echten Aussprache kommt.
- Der Roman thematisiert im Zusammenhang mit Liebe und Beziehung auch den Bereich der Sexualität und der käuflichen Liebe sowie das neue Frauenbild und die sich dadurch wandelnden Geschlechterverhältnisse.

11. Literaturhinweise/Medienempfehlungen

Zugrunde gelegte Ausgabe

Kästner, Erich: Fabian. Die Geschichte eines Moralisten. Zürich: Atrium Verlag, 2017.

Literatur von Erich Kästner

Kästner, Erich: Der Gang vor die Hunde. Zürich: Atrium, 2013. [Urfassung des *Fabian*.]

Kästner, Erich: Über das Verbrennen von Büchern. Zürich: Atrium Verlag, 2013. [Kästners Schilderung der Bücherverbrennung.]

Biographien zu Erich Kästner

Hanuschek, Sven: Erich Kästner. Reinbek bei Hamburg: Rowohlt, 2004.

Hanuschek, Sven: Keiner blickt dir hinter das Gesicht. Das Leben Erich Kästners. München/Wien: Hanser, 1999.

Literaturgeschichtliche Einordnung

Becker, Sabina: Neue Sachlichkeit. Die Ästhetik der neusachlichen Literatur (1920–1933). Köln/Weimar/Wien: Böhlau, 2000.

Pankau, Johannes G.: Einführung in die Literatur der Neuen Sachlichkeit. Darmstadt: Wissenschaftliche Buchgesellschaft, 2010.

Streim, Gregor: Einführung in die Literatur der Weimarer Republik. Darmstadt: Wissenschaftliche Buchgesellschaft, 2009.

Sekundärliteratur zu Erich Kästners *Fabian*

Gaida-Steingaß, Alexandra: Vom Buch zum Film: Erich Kästners Fabian – Die Geschichte eines Moralisten. Frankfurt a. M.: Accepta Kommunikation, 2014.

Jürgs, Britta: Neusachliche Zeitungsmacher, Frauen und alte Sentimentalitäten. In: Neue Sachlichkeit im Roman: Neue Interpretationen zum Roman der Weimarer Republik. Hrsg. von Sabina Becker und Christoph Weiß. Stuttgart/Weimar: Metzler 1995, S. 195–211.

Rauch, Marja: Erich Kästner. Fabian. Die Geschichte eines Moralisten. München: Oldenbourg, 2001.

Medienempfehlungen

Kästner, Erich: Der Gang vor die Hunde. Gelesen von Nico Holonics. Zürich: Atrium Audio, 2014. [Hörbuch.]

Fabian. Deutschland 1980. Regie: Wolf Gremm. Drehbuch: Hans Borgelt / Wolfgang Gremm. 111 min. Universum Film DVD, Ziegler Filmproduktion. [Verfilmung nach dem Roman von Erich Kästner.]

Weiterführende Quellen

www.erichkaestnergesellschaft.de/ [Internetseite der Erich Kästner Gesellschaft e. V.]

12. Zentrale Begriffe und Definitionen

Auktoriales Erzählverhalten: ➤ Erzählverhalten

Episode: eine kohärente Erzähleinheit innerhalb eines größeren Werks; Zwischenstück in Dramen oder Romanen.

➤ S. 48, 64

Erzählhaltung: Einstellung, mit der der Erzähler die fiktionale Welt vermittelt. Die Erzählhaltung kann z. B. sachlich, ironisch, humorvoll, kritisch oder melancholisch sein, was sich auf die Art der Darstellung und die Sprachverwendung auswirkt.

➤ S. 41, 43 f.

Erzählverhalten: Bezüglich des Erzählverhaltens wird zwischen neutralem, personalem und auktorialem Erzählverhalten unterschieden:

neutrales Erzählverhalten	• objektive und sachliche Beschreibung der Vorgänge • keine Wertungen oder Kommentare zum Geschehen • nur das von außen Sichtbare kommt zur Darstellung
personales Erzählverhalten	• Erzähler übernimmt die Sichtweise einer der handelnden Figuren • nur das, was die Figur wissen, sehen, hören und fühlen kann, kommt zur Darstellung
auktoriales Erzählverhalten	• Erzähler ist allwissend, er kennt Handlung, Vergangenheit und Zukunft sowie Gedanken und Gefühle der Figuren und leitet den Leser • bewertet und kommentiert das Geschehen • greift mit Vorausdeutungen oder Rückblenden in das Geschehen ein

➤ S. 43

Erzähltempo: ➤ Zeitgestaltung

Figurenkonstellation: das Beziehungsgeflecht zwischen den Figuren eines Romans oder Dramas, das durch Gegensätze oder Entsprechungen in z. B. sozialer, psychologischer oder ethisch-moralischer Hinsicht geprägt ist und die Handlung mitbestimmt.

➤ S. 23

Großstadtroman: Der Großstadtroman stellt eine Sonderform des Gesellschafts- oder des Zeitromans dar. Nicht nur die Handlung wird in das großstädtische Milieu verlegt, die urbanen Lebensbedingungen und ihre Auswirkungen auf Individuum und Gesellschaft werden zu den zentralen Themen des Romans. Alfred Döblins Roman *Berlin Alexanderplatz* (1929) gilt als Prototyp des Großstadtromans.

➤ S. 63

Handlung: eine Abfolge von zusammenhängenden, ursächlich miteinander verketteten Ereignissen oder Vorgängen, die das dramatische Gerüst des jeweiligen Werks bilden. Man kann die Handlung nach der Wichtigkeit in Haupt- und Nebenhandlung oder nach ihrer Art in äußere und innere Handlung unterscheiden.

➤ S. 41 f., 48, 117

Handlungsstrang: Die Handlung kann durch einen oder durch mehrere Handlungsstränge mit unterschiedlicher Komplexität strukturiert sein. So bildet beispielsweise die Haupthandlung um den Protagonisten einen Handlungsstrang, die Handlung um eine der Nebenfiguren einen anderen Handlungsstrang. Die verschiedenen Handlungsstränge können lose verbunden oder eng miteinander verzahnt sein.

➤ S. 41, 116

Handlungsverlauf: Es wird unterschieden zwischen einem linearen, kontinuierlichen und einem nicht-linearen, diskontinuierlichen Handlungsverlauf. Beim linearen Handlungsverlauf folgt das Geschehen einer chronologischen Reihenfolge, es wird ohne Zeitsprünge, Rückblenden oder Vorgriffe erzählt. Beim nicht-linearen Handlungsverlauf wird die chronologische Reihenfolge nicht eingehalten.

➤ S. 41

Hypotaxe: bezeichnet die Unterordnung von Nebensätzen unter Hauptsätze. Die Bestandteile werden oft durch Konjunktionen verbunden, wodurch die Verdeutlichung komplexer Zusammenhänge möglich wird. Neben einfachen Hypotaxen (Hauptsatz, Nebensatz) gibt es auch komplexe Hypotaxen, die einen verschachtelten, aus zahlreichen Haupt- und Nebensätzen bestehenden Satzbau beschreiben (Gegenteil: ➤ Parataxe).

➤ S. 44

Motiv: In der Literatur bezeichnet der Begriff einen wiederkehrenden inhaltlichen Baustein, der ein bestimmtes Thema in die Handlung einbringt und über sich hinaus Bedeutung für den Textzusammenhang schafft. Es gibt unterschiedliche Motivtypen. Das Leitmotiv übt beispielsweise einen besonders starken Einfluss auf den Text aus, da es immer wieder aufgegriffen wird und sich wie ein roter Faden durch die Handlung zieht. Im *Fabian* ist Geld das Leitmotiv.

➤ S. 10, 17, 71, 83

Parataxe: bezeichnet die Nebenordnung von Sätzen, Satzgliedern oder Wortgruppen. Ein parataktischer Satzbau ist geprägt durch die Aneinanderreihung von Hauptsätzen, Wortgruppen oder Wörtern, die als gleichwertige Teile zu betrachten sind. Diese können durch Kommas, Semikolons oder nebenordnende Konjunktionen voneinander getrennt sein. Durch den Verzicht auf unterordnende Konjunktionen erhält die Parataxe ihren Aufzählungscharakter (Gegenteil: ➤ Hypotaxe).

➤ S. 44

Personales Erzählverhalten: ➤ Erzählverhalten

Protagonist: ist die Hauptfigur und somit zentrale Gestalt eines literarischen Werks.

➤ S. 24, 77, 117

Rückblende: Die Rückblende ist Teil der Zeitgestaltung in epischen Texten und betrifft vor allem die Ordnung. So kann der Erzähler zeitneutral erzählen, beispielsweise beim Beschreiben oder Kommentieren; aber er kann auch in der Zeit springen (Zeitsprung), auf Vergangenes zurückgreifen (Rückblende) oder auf Künftiges vorausdeuten (Vorausdeutung).

➤ S. 41

Satire: Kunstgattung, die durch Übertreibung und Ironie Kritik an Personen oder Ereignissen übt, sie der Lächerlichkeit preisgibt und Zustände anprangert.

➤ S. 8, 49–51

Syntax: Lehre vom Bau des Satzes als Teilgebiet der Grammatik; Satzlehre.

➤ S. 44, 48

Zeitgestaltung: Der Erzähler eines epischen Werks kann

die Zeit unterschiedlich gestalten, dabei ist zunächst zu unterscheiden zwischen:

- *erzählter Zeit:* Zeitraum, über den sich das Erzählte erstreckt, markiert durch Anfang und Ende der Geschichte.
- *Erzählzeit:* Zeitraum, den man zum Erzählen oder Lesen der Geschichte benötigt.
- *Erzähltempo:* Der Erzähler hat die Möglichkeit, die erzählte Zeit zu beschleunigen (Zeitraffung), zu verlangsamen (Zeitdehnung) oder Übereinstimmung zwischen erzählter Zeit und Erzählzeit herzustellen (Zeitdeckung):

Zeitgestaltung	Verhältnis der Ebenen
zeitraffendes Erzählen	Erzählzeit < erzählte Zeit
zeitdeckendes Erzählen	Erzählzeit = erzählte Zeit
zeitdehnendes Erzählen	Erzählzeit > erzählte Zeit

➤ S. 41, 48

Zeitroman: eine Form des Romans, die eine wirklichkeitsgetreue, authentische Darstellung der Gegenwart anstrebt. Die Dokumentation und Analyse der vorherrschenden Lebensbedingungen sowie ihre Auswirkungen auf Gesellschaft und Individuum stehen im Fokus. Da viele Autoren von Zeitromanen ihre Epoche als Krise oder Umbruch empfinden, findet durch Zeitromane häufig auch Zeitkritik statt.

➤ S. 9 f., 63, 65